长相思

〔法〕大仲马等 著

周瘦鹃 译

一生低首紫罗兰 周瘦鹃 文集

广陵书社

图书在版编目（CIP）数据

长相思 / （法）大仲马等著；周瘦鹃译. -- 扬州：
广陵书社，2020.3（2022.3重印）
（一生低首紫罗兰·周瘦鹃文集 / 陈武主编）
ISBN 978-7-5554-1370-7

Ⅰ. ①长… Ⅱ. ①大… ②周… Ⅲ. ①短篇小说－小
说集－世界 Ⅳ. ①I14

中国版本图书馆CIP数据核字(2019)第280930号

书　　名	长相思	丛书名	一生低首紫罗兰——周瘦鹃文集
著　　者	〔法〕大仲马等	丛书主编	陈　武
译　　者	周瘦鹃	特约编辑	罗路晗
责任编辑	方慧君	封面设计	琥珀视觉
出版人	曾学文		

出版发行 广陵书社
　　　　　扬州市四望亭路2-4号　　　　邮编：225001
　　　　　(0514)85228081（总编办）　85228088（发行部）
　　　　　http://www.yzglpub.com　　E-mail:yzglss@163.com
印　　刷 三河市华东印刷有限公司

开　　本	787mm×1092mm　　1/32
字　　数	118千字
印　　张	8
版　　次	2020年3月第1版
印　　次	2022年3月第2次印刷
书　　号	ISBN 978-7-5554-1370-7
定　　价	48.00元

目录

美人之头

〔法〕亚历山大·仲马 原著

大仲马小传

大仲马（Alexandre Davy de la Pailletrie Dumas）以一八〇二年七月二十四日生于哀士纳（Aisne）之维来哥得勒（Villers-Cotterets）。祖伯爵，父为将军，而祖母则一黑种妇人也。少时闲放不羁，读书亦不求甚解。一八二三年至巴黎，为奥连司公爵（Duc d' Orléans）邸中书记生。顾好文学，折节读书者数载。学为文，作短篇小说一卷，滑稽戏曲两种。年二十七，即以《亨利三世及其朝廷》（Henri Trois st ta Cour）一剧名。一八三一年编《恩都奈》（Antony）悲剧。翌年，又成悲剧《奈斯尔塔》（Ta Tour de Nesle），均名，寻患虎列刺症，买棹作瑞士之游。归后草《旅感》（Impressions de Voyage）多卷，名益藉甚。一八三六年始为说部，好撷拾法兰西历史中故实成之，其第一种曰《白维尔之意萨培尔》（Lsabelle de Baviere），继以《宝玲》（Pauline）、《甲必丹保罗》（LeCaPitaine Paul）、《柏斯格尔勃落拿》（Pascal Bruno）、《阿克的》（Actè）诸书，则别出机杼，非取材于历史者。一八四三年乃复草历史小说二，曰《哈孟瑟尔侠士》（Le Chevalierd Harmenthal），曰《阿斯加尼哇》（Ascanio），笔力雄健冠绝一时。十年中舍《惠佛来》作者施各德氏外，直无一人能与抗衡者。迨一八四四年后，著述益富，名亦益著。如《水晶岛》（Monte Cristo）、《三枪卒》（LesTrois

Mouspuetares)、《二十年后》(*Vingt Ans Aprés*)、
《马哥王后》(*La Reine Margot*)、《赤屋》(*Maison Rouge*) 诸书，均为惊人绝世之作。读其书者，罔不叹赏焉。七月大革命之战，氏亦从军，立功甚伟。一八三七年，遂得红纽之赏。一八四二年娶意达弗利爱姑娘（Mlle.Ida Ferrier），寻即离婚。一八五五年，至比利时，居二载。一八六四年，又赴意大利，助加利波的（Garibaldi）战，凡六年，始归。才尽，而精力亦罢。所有家产，几已挥霍无遗。囊中但怀拿破仑金币二（每枚合二十法郎），踽踽然去巴黎。依其子于达意泊（Dieppe），即以一八七〇年十二月五日卒。

凉夜似水，冷月如银。时方十时，予自拉培伊街归。行经丢莱纳广场，至托囊街，盖予家于是也。方及家，斗闻悲悦之呼声，破空而起，似妇人求助者。予私念斯时为时尚未晏，绿林暴客，当不敢出而袭人，此声又胡为乎来？遂循其声之所在，疾驰而往，则见月明如洗中，一女郎花容无主，亭立街心。巡防壮士一小队，

环立其前，为状至虎虎。女郎见予，立如掠燕翩然而来，回其香颈顾谓诸壮士曰："是为挨尔培先生，知儿身世良谂，儿实为浣衣妇马丹勒蒂欧女，初匪贵族中人。"言时，玉躯颤甚，如风中柳丝，力把予臂以自支。壮士之长曰："吾辈不管汝为谁家女儿，脱无护照，必须随吾辈至巡防局去。"女郎闻语，把予臂益力，状至耸惧。予私忖个女郎似此迫切，良非得已，吾觥觥男儿，乌可置之弗顾，听若辈武夫恣为焚琴煮鹤之举。因伪为素识也者，脱口呼曰："可怜之莎朗黄，是汝耶？宵行多露，奚事仆仆也？"女郎乃复回顾诸壮士曰："诸先生今能信儿否？此先生实为儿之素识。"壮士之长正色曰："今兹是何时代，犹故故以先生称人，当易称国民始得。"女郎急曰："壮士长幸勿以是见责，儿母主顾多大家，曩尝训儿，谓女孩子家须知礼衷，见人必称先生，否则且令人齿冷。然而此实专制时代之称谓，自不合于自由时代，今则一例须称国民矣。奈儿已成习惯，去之良匪易易。"女郎语时，以颤声出之。已而又谓予曰："国民挨尔培，儿当以此夜行之理由为国民告。今日儿母嘱儿以所浣衣齐至一主顾家，会女主人他适，浣资无着。儿以阿母需用急，因俟不归，不觉淹留少久，而已入晚。一至街上，便尔见执。诸壮士执法不阿，坚索儿护照，儿茫无以应，因高呼求援。幸得国民来为儿解围，国民吾女，其能保儿无他，以坚诸壮士信乎？"予曰："此何待言，予必保汝。"壮士之长曰："个女郎得国民为担保，良佳。然则国民又以伊谁为担保者？"予曰："丹顿如何？渠非爱国家中之铮铮者耶？"壮士之长曰："国民果能得丹顿国民为担保，予复何言。"予曰："斯时丹顿国民方在科地利亚俱乐部中议事，吾侪同往彼处一行如何？"壮士长曰："佳。诸国民从吾往科地利亚俱乐部也可。"

科地利亚俱乐部者，在劳勃山文街科地利亚修道院左近，与托囊街相隔仅一牛鸣地，须臾已至。予乃探囊出手册，撕一叶下，取铅笔做数字，授壮士长，以呈丹顿。予则与女郎及壮士伫立门前以须。移时，壮士长偕丹顿出。丹顿一见予，立曰："吾友，渠辈欲拘子乎？子为革命健将喀米叶国民友，素忠于共和党者，如何启诸国民疑也？"继语壮士长曰："国民，吾决保其无他。"壮士长曰："国民既肯保斯人，彼娟娟者亦能为之担保否？"丹顿曰："国民之言何指？"壮士长指女郎曰："即此女郎，亦须得国民一语，方能听彼自由。职务所在，不得不尔，国民幸恕吾。"丹顿悄然曰："予亦可为之担保，凡与此国民同行者，吾都能保其无他也。"壮士长足恭曰："有扰国民，殊深歉仄。予只得仍以职务所在四字，乞国民见恕耳。"言次，与诸壮士为丹顿欢呼者三，始整队去。予方欲向丹顿道谢，陡闻屋中呼其名，若将属以要事者。丹顿即谓予曰："吾友其见原，今日百务蝐集，弗克久羁，请暂与君别。"遂匆匆入。予目送其行，小语女郎曰："令娘将安往，须予做伴否？"女郎微笑曰："君能否伴儿至马丹勒蒂欧许，马丹固儿母也。"予曰："马丹居何许？"女郎娇声答曰："茀洛街二十四号，即是儿家门巷。"予曰："然则吾决伴令娘一行，俾途中不至再遭意外，惊碎芳魂。"途中吾二人初不交语，但各匆匆而前。时中天月色至皎洁，似新磨之宝镜。予于月光中微睨女郎，芳纪可二十一二，玉颜微作棕色。横波蔚蓝，樱唇嫣红，媚妙直无俦匹。巴黎城中，有女如云，端推此女可以冠冕群芳。时身上虽御浣衣女之服，而举止雅类贵族中人。彼巡防壮士疑之，宜也。吾侪既至茀洛街二十四号屋前，遽木立门次，相视无语。半晌，女郎乃嫣然笑曰："吾亲爱之挨尔培，君木木然作幺，生心中果何思也？"予曰："吾至爱之莎朗黃令娘，吾侪把臂未久，遽尔判袂，能不令人恻恻。"女郎曰："今夕得君援手，感激靡已。微君力，儿必捉将官里去。若辈一知儿匪马丹勒蒂欧女，而为贵族中人者，则此头且不为儿有矣。"予矍然曰："噫，令娘殆亦自承为贵族中人乎？"女郎曼声答曰："儿亦不自知也。"予曰："令娘是否贵族中人，姑置之。特吾二人萍水相逢，遇合至奇，令娘尚未以芳名见告。行别矣，曷语吾。"女郎含笑答曰："儿何名者。儿名莎朗黃也。"予曰："予与令娘初非相识之燕，兹以尔时适处万困，姑娘生命，危如累卵，脱不相助，何名为男子。因不揣冒昧，妄以此名称令娘。令娘真名果云何者？"女郎娇嗔曰："君何絮絮，莎朗黃亦不恶，儿颇好之。儿为君故，当永名此也。"予曰："今夕吾二人且作分飞燕子，后此未必相逢。令娘芳名，胡事靳不吾告？"女郎曰："即后此或有相逢之日，儿仍挨尔培君，君仍莎朗黃儿，可耳。"予嗒然若丧，怏怏言曰："令娘既讳莫如深，予亦不事苛求。唯当此把别之顷，尚有一言，令娘幸谛听。"女郎曰："挨尔培趣言之。"予曰："令娘果贵族中人乎？"女郎微嚬曰："儿即不自承，君亦必疑儿。"予曰："令娘既为贵族，后此乌能出共和党人手？"女郎曰："用是儿亦颇惴惴。"予曰："今令娘殆匿迹平民家中，以避人耳目乎？"女郎曰："良然，儿即匿莆洛街二十四号马丹勒蒂欧许。乃夫固儿父御人，故儿可无恙。今兹儿之秘密已尽宣于君前矣，生死唯命。"予又询曰："然则君父今在何许？"女郎曰："吾至爱之挨尔培，是则弗能告君。总之儿父今亦匿一平民家，将乘机去法兰西他适，为终老计。儿可告君者，已尽于是，其他幸勿问。"予曰："令娘意将安适？"女郎曰："儿拟即随老父出亡，毕此生作他乡之客。设不克同逸，即请老人先行，儿再别图他策。"予少止，旋曰："令娘今日宵行，殆从老父许归耶？"女郎答曰："然。"予慨然曰："吾至爱之莎朗黄，其听吾言。"女曰："趣言之。"予曰："适者予脱令娘于险，殆在令娘洞鉴中矣。"女曰："儿已灼知君必匪庸人，故能救儿如反掌。"予曰："谢令娘奖借。予自问碌碌无所长，然朋友孔多，都能助吾一臂。"女曰："君友之一，儿业于科地利亚俱乐部前识荆矣。"予曰："令娘当知其人初匪庸碌者流，赫赫雄名，直满于法兰西全土。并世英豪，殆无其匹。"女曰：
"然则君能得彼奥援，拯儿及儿父出此恐怖之窟乎？"予
沉吟曰："今兹只能为令娘划策，君父须徐图之。"女娇
呼曰："脱不先脱阿父，儿宁死弗行。"予亟曰："令娘
其毋恐，予自有他策在。"女坚把予手，欢然呼曰："果
尔，儿当以君大德，永永篆诸胸臆，没齿不敢或忘。"予
曰："如得玉人时时念吾，置吾于心坎，于意已足。"女
郎恳切言曰："郎君洵仁人，乃能拯儿一家，儿谨为阿父
道谢。设天不相，儿竟上断头之台，弗能出巴黎一步者，
而儿感君之心，仍不渝也。"予乱之曰："莎朗黄，勿喋
喋作感激语。吾二人不审何时复能把臂？"女微睇予，
答曰："君谓何时能与儿把臂者，儿必如约。"予曰："明
日予当将得好消息来，复与令娘相见于是。"女郎雀跃
曰："良佳良佳，此间幽僻甚，不虞有人属耳。今夕吾辈
絮语殆已半小时，初未见一人影也。"予曰："明日予当
携一戚畹之护照来，以授令娘。"女掉首曰："设儿或见
絷者，不将累君戚畹亦上断头台耶？"予曰："是亦意中
事，予当筹一万全之策。唯令娘明日何时始能见吾？"
女郎曰："仍夜中十时可也。"予曰："诺。但如何方能把

臂？"女略一沉思，答曰："君以九时五十五分来，俟于门外。十时儿必下楼出见。"予遂曰："吾至爱之莎朗荑，明晚十时再见，今且小别。"女亦曰："至爱之挨尔培，明晚幸届时至，毋使儿久盼。"予颔之，俯首将吻其柔荑，女则以莲额就吾，玉软香温，令人意远。此时踏月归去，宛然若梦，而彼姝婉媚之态，似犹在眼。一番心上温馨过，兜率甘迟十劫生矣。

翌晚九时半，予已彳亍于茀洛街头，目注绿窗帘影，俟玉楼人下。阅十五分钟，莎朗荑已夅户而出。予如见明月出云，立一跃趋至其侧。莎朗荑急问曰："君果以好消息来未？"予曰："消息颇不恶。予已将得一护照来，令娘不日可去法兰西矣。"女曰："君必先脱儿父，儿然后行。不尔，儿宁死断头台上，万万不愿弃生吾之人，泰然自去。"予曰："君父如能信予，予必竭力营救。"莎朗荑曰："郎君侠气干云，儿父乌得不信。"予曰："今日令娘已见老人未？"莎朗荑曰："已见之矣。儿语以昨夕君救儿事，并谓阿父不日亦能脱险也。"予点首曰："然然。明日必救君父。"莎朗荑作昵声曰："计将安出？请道其详。何幸运事皆向儿家来耶？"予曰："唯令娘殊弗能随君父同行，须分道而驰。"莎朗黄决然曰：
"儿意已决，必与阿父同行，否则誓不出巴黎一步，君
当知阿父重，儿身轻耳。"予罄折曰："谨闻命矣。令娘
实孝女，令人佩畏。予亦必先为君父筹维，以如君愿。
今予心中已得一人，足为吾助，其人之名，令娘当稔知
之。"莎朗黄立曰："谁也？趣告儿。"予曰："其人为麦
索，令娘想或知之。此君侠骨嶙峋，肝胆照人，决能致
君父于安乐之乡。"莎朗黄曰："殆麦索将军耶？儿固知
之。"予曰："然。即麦索将军。"莎朗黄曰："儿知麦将军
亦古之仁者，必能救吾父女。吾至爱之挨尔培，儿今夕
乐乃无极，如登仙矣。然则将军将决何策，以救儿父？"
予徐徐言曰："策至简易。将军方新统西军，明晚且启行
赴驻所，即携君父俱去。"莎朗黄曰："明晚便行，得毋
太趣趣，吾辈不克准备矣。"予曰："无事准备，立上道
可也。"莎朗黄悄然曰："儿乃不解君指。"予曰："将军
决策至高，拟以君父伪为彼之秘书，同至方蒂。唯须请
君父誓于上帝之前，誓后此祖国或有事，绝不倒戈弗利
于祖国。至方蒂后，即可安然无恙，立往白立顿奈，然
后再之伦敦。数日后，令娘如一得君父平安之书，予即

将一护照来，亦使令娘吸异邦空气，叙天伦乐事去也。"
莎朗黉曰："如君言，儿父明晚决行矣。"予曰："决行决
行，兹事万急，初无一分钟可以虚掷。"莎朗黉曰："唯
今夕务必往告儿父，俾得略事准备。"予亟曰："趣往告
之，予今以一护照授令娘，庶途中不致再为巡防兵所窘。
兹事急急，趣往趣往。"语既，遂出护照予之。莎朗黉受
而纳之酥胸之次，予即以臂扶之行。少选，已至丢莱纳
广场，吾二人昨夕邂逅处也。女遽伫立弗前，低声谓予
曰："君其迟儿于此，毋他适。"予鞠躬应之，女乃翩然
去。去后可十五分钟，始翩然至，谓予曰："儿父颇欲见
君，一道谢忱，君盍从儿来。"遂捉予臂，匆匆引予之圣
奇洛姆街毛德麦小逆旅后，出钥一巨束，启一小门，直
上二层楼，至一密室之前，轻叩其扉。须臾，扉辟，则
见一年可五六十许之老人，危立门限之内，身上着工人
服，为状似钉书之匠。顾甫一启口，即知其为贵族中
人，见予立曰："麦歇[1]，君此来直似上天所使，来救我可
怜人者。今而后吾父女生命，属诸君矣。但麦将军以何

---

[1]　翻译为先生。

时行乎？"予曰："将军明日行矣。"老人曰："然则老朽今晚须走谒将军否？"予曰："尽可往谒，想将军亦颇欲见丈。"莎朗薁牵乃父手曰："麦歇适在是，阿父胡不立往？"老人曰："不省麦将军今居何所？"予答曰："将军才与其令妹苔格兰菲麦索姑娘寓居吕尼维西堆街四十号屋中，一索可得。"老人曰："君能否偕老朽同往？"予曰："走当遥从丈后。"老人曰："然老朽与麦将军素未谋面，君务必为吾先容。"予曰："是可不必，丈第以冠上三色之带结示之，渠自会意。"老人发为恳挚之声曰："君出老朽于死，老朽将何以为报？"予曰："但愿丈许走亦为令爱薄效微劳足矣。"老人冠其冠，熄灯，自月光中伛偻下梯，与女联臂同行。道出圣班尔街，遂至吕尼维西堆街。途中初未遇一人，予则徐行于后，相去可十步。既即直达一四十号巨厦之前，予急趋至二人之次，言曰："途中无梗，是乃佳兆，但丈尚欲走做向导乎？"老人摇首曰："君无须更为老朽鹿鹿，第俟吾于此可矣。"予磬折，老人以手授予曰："老朽感君之忱，匪口所能宣达。唯祝上苍他日亦予吾一佳机，以报郎君大德耳。"予无语，与之接手，老人乃蹒跚入。莎朗薁亦殷勤与予握手，返身从乃父行。阅十分钟，门复辟，女盈盈出，微笑向予曰："麦将军洵仁人，直与郎君无可轩轾。渠亦洞知儿心恋父，特允儿明日送老父行。其令妹亦温蔼可亲，一如乃兄，已为儿下榻其室，度此一宵。明晚儿父出险矣。十时许，儿仍当迟君于莆洛街头，道我谢忱。今别矣。"予遂吻其额，惘然归去，而中心则欢喜无量。私念老人一去巴黎，彼妹无复亲故，必且倾心向予，从此情苗茁，情根固，情田获矣。转侧终宵，苦不成寐。翘盼天晓，而夜乃倍长。诘朝翘盼日落，而日偏迟迟其行。一至夜中九时，立疾驰至莆洛街。逾半时许，始见莎朗蒉款步而来，直至予侧，展玉臂双挽予颈，婉婉言曰："嘻，儿父已出兹恐怖之域，登乐土矣。挨尔培，儿感君甚，亦爱君甚也。"莲漏催人，匆匆别去。二来复后，莎朗蒉已得乃父书，谓已安抵伦敦矣。

翌日，予即以护照予莎朗蒉，促之行。莎朗蒉红泪双抛，泣数行下，哽咽曰："忍哉阿郎，乃不爱儿耶？"予曰："予之爱卿，直较我爱我生命为甚。唯予已与卿父约，义不能负，卿其趣行为得。"女曰："儿当乞阿父取消此约。郎心如铁，忍逐儿行，儿身如叶，殊弗能弃郎去也。"呜呼诸君，情丝无赖，苦苦绊人，莎朗黉竟死心塌地不肯行矣。光阴如电，倏已三月有余，莎朗黉仍绝口不言去。予乃以莎朗黉名义赁屋一椽于丢莱纳街，并于一女学校中为觅一席地。每值来复日，我二人同坐斗室，促膝谈心，指点曩日邂逅处，话旧事以为笑乐。双影并头，印上窗纱。此三月间寸寸光阴，实似以醇醪糖蜜渗杂而成。予亦自以为此忽忽百日，实为平生美满快乐之天，初弗意不如意事之相逼而来也。

尔时巴黎城中，杀风大炽。磨牙吮血，人人如饮狂药。每日夕阳未下，断头台上，已宰三四十人，血泛滥革命场上，直成小河。四围则掘壕沟，深三尺许，上覆松板，人践其上，立堕。一日，有一八龄稚子堕入其中，颅破，脑汁四迸，立死。凡此种种惨酷之状，即铁石人见之，亦且泪下。时忽有一行刑之吏，与予结识，知予为医士也，则日昇尸体来，供予剖验，以克赖麦墓地一隅之小礼拜堂为解剖之场。予初弗欲事兹血腥，继念或有所得，他日于医界上不无小补，遂勉强为之。读者诸君，当知此际之巴黎，实不名为人境。无法律，无公理，无人道，杀人如麻，流血似潮，国母沦为囚俘，上帝麾出教堂，神号鬼哭，磷飞鸱叫，此其为状，殆类鬼蜮。每晨六时，刀光已先日光而起。亭午时，头累累满巨囊，尸积车中如小丘，向克赖麦墓地来，听予遴选。予即择其怪特者，操刀剖验，余悉投诸墓穴。此每日之解剖，几为予刻板之课程。有暇则辄与莎朗荑把臂言欢，而个侬爱予之情，似亦日深一日。天上比翼之鸟，人间连理之树，都不足以方吾二人。唯同心之结虽缔，而鸳鸯之谱犹未填，居恒引为憾事。所幸彼姝之爱吾，直无殊于夫妇，沉溺于情海爱波之中，初不作去国之想。乃父虽时时来书相促，莎朗荑乃一不之顾。第以吾二人婚事修书上白，求彼玉成，老人情深，慨然允诺。一千七百九十三年十月十六日，王后马丽恩都奈德伏刑于断头台上。美人血溅，红过枫林霜叶，全欧各国君主闻之，靡不同声太息。是日予目击惨状，不觉忧思沉沉，来袭予心，郁伊弗能自聊。而莎朗荑更怵哭如泪人，予百方慰藉，终不少止。是晚吾二人一切都如平昔。第中心之悲恻，较日间为尤甚。诘朝九时，莎朗荑须赴校授课，予颇欲尼之弗往，即渠侬亦依依不忍别。奈校务旁午，在势殊不能偷此一日之闲。不得已，乃以马车伴之往。吾二人各于车中抱持弗释，相向汍澜，亲吻不知其数十百次。似今日一别，便成永诀者。校固在植物园附近，去家颇窎远。予送之至福而圣培那街，即握别下车，目送车行，木立如痴。微闻莎朗黉尚低呼阿郎，杂以哽咽之声，依稀可闻。翘首前瞻，则见其泪痕狼藉之香腮，犹隐约现于车窗之里，似方窥予。予知此车轮碾动，直将渠侬芳心碾碎矣。悲痛撄心，掩袂归去。竟日把笔弗辍，草一长书，以慰莎朗黉。书竟，方欲付邮，而莎朗黉之书已至。略谓今晨到校，为时已晏，校长啧有烦言，谓下来复日不准出校。似此苛例，誓死不愿遵从。得暇定当驰归，与郎把晤。即失兹噉饭地，亦匪所恤云云。予得书大恨，恨彼校长至于次骨。私忖吾脱一月不见个侬玉容者，且痫作矣。由是予夜夜苦念所爱，未能入睡。日中则不情不绪，神气索漠弥甚。今而后予始知相思之苦，实较长日耐寒忍饥苦也。

一日萧晨，大雨如注，似告人以冬令将至。而此凄厉之雨声中，时挟断头台上行刑吏唱名之声，久久未已。不知今日又将斫却多少好头颅，吾可不愁无剖验资料矣。四时天瞑黑，如已入晚，予蹀躞至克赖麦墓地，放眼四望，则见土馒头随在皆是，凄凉万状，雨脚复髟髟而下，似天公垂泪，悼此地下无数枉死之人者。四围无叶之树，摇曳风中，枝相扰作声，槭槭如鬼语，使人闻之股弁。彳亍移时，已近小礼拜堂，一坑横于前，广且深，若方仰天而笑，盖掘以待今日断头之尸者。时地上泞滑如膏，予几失足坠入其中，不觉毛发为戴，急踉跄入剖验之室。燃桌上烛，兀坐沉思。念彼王后马丽恩都奈德雪肤花貌，绝可人怜。讵意昨日乃使断头台上黑斧亲其蜻蛉，今后唯剩此无首之艳尸，长眠终古，安得不令人扼腕。方叹喟间，而门外雨势益狂，雨大如拳，打窗欲破。风翦树，作声似泣。风雨声中，斗闻车声辘辘至，则行刑吏坐红色柩车从革命场上满载来也。俄而门呀然辟，二行刑吏共舁一巨革囊入。时予身适为神坛所蔽，故不为若辈所见。旋闻一人呼曰："赖度国民，此累坠物，且委之于是，今夜无事鹿鹿，曷同向炉头买醉去也。"二人即以囊耆然掷神坛前，长笑出室去。予默坐有顷，竟体皆颤。忽隐隐闻一幽细清切之声，似呼挨尔培，予心怦然，自忖此名世上唯有一人知之。此一人外，孰则知之者？未几而呼挨尔培之声又作，予乃起立四顾，

18

烛光黯澹，四隅洞黑，所见殊不了了。目光一瞬，陡注于神坛前血痕斑驳之革囊上，而又闻低呼挨尔培之声，声幽细清切益甚。予是时惊悸至于万状，全身之血，几尽凝为冰，盖此声宛然从囊中来也。予即立自镇定，徐步至神坛前，发囊探手入，觉暖香一缕，吹予手上，似有樱唇吻吾指者。予狂呼，出手于囊，则赫然为吾莎朗黄之蟒首。星眸半掩，樱唇犹未冷，予如狂如醉，立仆椅上，抱首于胸际，大呼曰："莎朗黄，莎朗黄。"迨呼第三声时，莎朗黄始张眸睐予，红泪两行，缘此玫瑰色未褪之粉颊而下。睐予者三，星眸乃渐渐而合，不复张矣。予跳跃如中狂疾，奋力扑桌，桌仆而烛熄，继长叹一声，蹶地而晕。翌晨六时，掘墓者来。则见予偃卧地上，身僵如石，良久始苏。厥后予辗转探询，遂知莎朗黄之死，实以乃父来书偶泄往事，书忽为共和党人所得，因立逮莎朗黄去，杀之。如花美眷，似水流年，遽断送于断头台上。嗟夫！玉楼人去，化鹤何年？予枨触旧事，辄复心痛。而最难堪者，则为彼英伦三岛上之白头老父，尚日日危立海滨，翘首盼爱女之至。孰知双眼望穿，不见倩影伶俜来矣。呜呼！读者诸君志之。彼风雨萧条之夕，扬其最后之声，声声唤予。张其垂瞑之星眸，频频睐予者，即吾至爱之莎朗黄，即吾莎朗黄之蟆首也。

（选自《欧美名家短篇小说丛刻》，中华书局 1917 年版）

宁人负我

〔俄〕托尔斯泰　原著

托尔斯泰小传

托尔斯泰伯爵（Count Lco N.Tolstoi）以一八二八年八月二十八日生于都拉（Tula）之亚那亚波拉那（Yasnaya Poliana）。初求学于墨斯科及甘惹（Kazan），后入高加索军中，从高咨却高夫亲王（Prince Gostschakoff）出征土耳其。一八五五年西伯司都波尔（Sebastopol）之役，亦与焉。事定，解甲归，而已以诗家、小说家闻，出入圣彼得堡文酒场中，人皆刮目。居未久，即作德意志、意大利之游。一八六二年，年三十四，始结婚。卜居墨斯科左近之领地上，与农人辈杂处。居恒以著书、种植为乐。更立一小学校，聚农家子弟，躬自教诲之。其课程之周密，教法之良美，实俄国两都所未尝有者。复擅医术，邻人病，每自趋视，且为之治汤药，亲切备至，人罔不感泣。隐高加索山日，草《婴时童时少年时》（*Childhood, Boyhood, and Youth*）、《尼克路道夫亲王忆语》（*Memoirs of Prince Nekludoff*）二书，并《哥萨克兵》（*The Cossacks*）短篇小说一。游西欧诸邦时，有《大风雪》（*The Snow Storm*）、《二骠骑兵》（*Two Hussars*）、《家庭幸福》（*Family Happiness*）、《三死》（*The Three Deaths*）、《波立柯希加》（*Polikushka*）诸作。一八六五年成一巨著，曰《战争与和平》（*War and Peace*），言拿破仑征俄事，奕奕有生气。一八七五年草哀情小说《阿娜喀丽尼娜》[①]（*Anna Karenina*），三年而成。书出，风靡全国，一时推为文学界唯一之杰构。一千九百年，著《复活》（*Resurrection*），立与前二书先后传诵全欧，迻译者不下十数国。一千九百十年，忽弃家远适，将以隐遁终其身。寻病，遂以十一月二十日卒于阿司塔波伏（Astapovo），人皆伤之。综其一生著述，舍说部外，尚有宗教书及短篇杂作无算，均传。

却说佛拉迭末镇中，住着个少年商人，名儿唤作挨克西诺夫。开着两处商店，生涯倒也不恶。他出落得也唇红齿白，眉清目秀，好算得个美少年。瞧他一天到晚，没有不快意的事，只谑浪笑傲，拍手高歌。所以人家但见他天天开着笑口，从没愁眉不展的时候。他在十七八岁时，整日价沉溺在麹蘖里头，手不离杯，杯不离口，旁的事儿，一概都不问。不知道有天地，也不知道有岁月。人家说终老温柔乡，他却有终老醉乡之概。后来结

---

① 今译为《安娜·卡列尼娜》。

了婚，便斩钉截铁地和酒绝交，流连于温柔乡，倒把醉乡忘怀了。有时偶一为之，也不过略略沾唇罢咧。

有一年夏天，挨克西诺夫预备上尼奇拿夫各洛市场去，和他老婆告别。他老婆道："伊文，这一回你别去。昨夜我曾做了一个梦，甚是不吉，出去怕不利。"伊文道："你怎总是这样害怕，怕什么来呢？"他老婆道："我自己也不知道怎的如此害怕？只那梦委实不吉，梦中我见你一天从镇中回来，除下帽儿时，却满头都是白发咧。"挨克西诺夫笑道："这梦儿怎见得不吉，或者倒是好运的预兆。这一回我出去做一个好买卖，将来把金儿、银儿满载而归咧。"当下他便珍重一声，和老婆作别去了。半路上遇了个素识的商人，先喝了两杯茶，指天划地的畅谈了一会，夜中在一块儿宿着。两间卧房，只隔得一堵墙壁。半夜里，挨克西诺夫已醒，只为急着要趱程，忙唤马夫起来配好马车，付了账，一个人先自走了。走了约摸四十浮斯脱（俄里名，每里合一英里之三分之二），就找店家用早餐。喝了一杯茶，恰见旁边有一只六弦琴，顿时触动歌兴，拉着唱将起来。正唱得高兴，猛听得铃声琅琅，蓦地里来了一辆车儿，走出一个警官和两个警士来，挨近挨克西诺夫，突然问道："你是谁？从哪里来的？"挨克西诺夫一一从实答了，接着就请警官用茶。那警官又问道："昨夜你宿在哪里？一个人独宿呢，还是和旁的商人宿在一起？今天早上可曾瞧见那商人没有？你为什么挨不到天明，就在半夜里离那客店？"挨克西诺夫自问并没做过什么亏心事，便愤然道："我是个做买卖的，既不是梁上君子，又不是绿林暴客，何用长官盘诘。"那警官道："我是个警官，盘诘你也有原由。因为昨夜同你宿在一起的那个商人，已在客店中被人谋杀，此刻快把你一切东西取出来，给我过一过目。"又向那两个警士道："搜他的身上。"两人不敢怠慢，即忙搜了一遍，又把他的行李打开来，一阵子地乱翻。一会儿，那警官忽地从一只行囊里掏出一把刀来，大声道："这刀子是谁的？"挨克西诺夫一瞧，见那刀上血痕斑驳，不觉大吃一惊。警官又问道："这刀子上的血又从哪里来的？"这时挨克西诺夫早已心惊胆战，断断续续地说道："我……我不知道……这刀子不……不是我……我的。"警官道："今天早上，就发现那商人已刺死在床上。昨夜唯有你一人和他宿在一起，并没旁的人。

并且他那房间的门儿是在里面下锁的，外人谁也不能进去。只是你的房间，却能和他相通。这就是两个铁证，你可掩饰不去的。况且那凶器如今也在你袋中搜得，还有什么话说？你的面庞，也着实使人起疑呢。快和我说，你怎么杀死他的？又盗得了多少钱？"挨克西诺夫并没做这杀人的勾当，自然死也不肯承认，回说我和那商人喝过茶分手后，便没有见过他一面。所有八千卢布，是自己的东西。那刀子却不知道从哪里来的。说时，声音颤颤的，脸儿白白的，全身也瑟瑟地乱抖，直从头上抖到脚尖，好似真个犯了罪的一般。警官便不由分说，立刻唤警士们缚了，送入车中。挨克西诺夫平白地蒙了这不白之冤，禁不住痛哭失声，想起了闺中少妇，正屈指数着归期，更觉得心如刀割，已割成了个粉碎。不多一刻，已关进近边一个监狱里去了。官中人又派人到佛拉迭末去，探听他平日的行为。那边的商人和镇中人，都说他十七八岁时，很喜欢酗酒，有时不免要闹事。只近几年来，却很端方，待人也极其和气，从不把疾言厉色向人的。叵耐铁案如山，万难平反。不上几天，便经法庭审讯，说他谋杀商人，盗取二万卢布，那把刀子，便是一个铁证。挨克西诺夫有口难辩，只得听他们怎样处置。审罢，依旧入狱。只可怜那闺中的细君，苦念着藁砧。一天二十四点钟中，兀是弹泪饮泣，不知道怎样才好。膝下儿女，都还弱小。一个尚在襁褓之中。没奈何只得牵男携女，到那监狱里去探望丈夫。那狱官起初拒绝不许，好容易经了几次的哀求，才蒙允许。挨克西诺夫夫人趑将进去，又见她丈夫赭衣被体，铁索郎当，杂在那许多杀人犯中间，心中一阵悲痛，便扑的倒在地上，晕了过去。停会儿，才渐渐醒来，坐在丈夫身旁，先把家里一切情形说了一遍，然后问他无端怎么受这冤枉。挨克西诺夫忍着痛，把前事一一说了。说完，夫人又含悲说道："现在我们该怎样想个法儿，洗刷你的罪名，难道眼看着你冤沉海底，白白送死不成。"挨克西诺夫道："我也想不出什么法儿，除非上书皇帝，痛切陈情，或者有一线的希望。"夫人就和他说，前几天早已上书皇帝，但是至今还没有消息，不知道递不上去呢，还是有旁的意思。挨克西诺夫听了，一声儿也不响，似乎已经绝望的样子。夫人道："你可还记得吗？当时你出门的当儿，我曾和你说做过一个噩梦，梦见你满头都是白发，如今你遇了这意外，忧急过度，头上的发儿，当真一丝丝地白了，可不是恰好应了那个梦么。唉，你这一回原不该出门的。闭门家里坐，这一场大祸未必会从天上来呢。"说时，把纤指理着她丈夫的头发，又道："我亲爱的郎君，你从实和你妻子说，当真杀死那商人不曾？"挨克西诺夫悲声说道："旁的人疑我，你也疑我么？"说完，掩着脸儿，放声哭了。这时，那守狱的宪兵已闯将进来，说时候已到，催着挨克西诺夫夫人出去。夫人不敢违拗，只得和她丈夫告别。这一天直是他们夫妇两口儿永诀之日，从此再也没有相见之期咧。

挨克西诺夫目送他夫人去后，心想：我怎么如此不幸，旁的人疑我还说得去，连自己的床头人也疑起我来，这是哪里说起？接着便喃喃自语道：唉，除了上帝以外，怕没有第二人知道我的了。我只得求上帝垂怜，求上帝大发慈悲。从这一天起，他便不望皇上的赦免，只天天掬心沥诚，祷告上帝。过了几天，已定了罪，判了个终身监禁。先处鞭刑，然后罚做苦工。可怜挨克西诺夫竟生受这世上最惨酷的刑罚，遍体鳞伤，没一块儿完肤。到得伤势痊可，就同旁的罪人一块儿，送往那冰天雪窖的西伯利亚去了。挨克西诺夫手胼足胝，在西伯利亚一连做了二十六年的苦工。一头的秀发，已白如霜雪。颔下白髯萧疏，宛像银丝一般。一生乐趣，早已化作乌有。一年三百六十五天，从没一天略开笑口。早起夜眠，只是正襟危坐，祷告那慈悲的上帝。光瞧他一个翩翩美少年，已变作了个老头儿。背也曲了，走路也蹒跚了。他在狱中，学做皮靴，得了些儿钱，便去买那许多殉道人的书儿，在铁窗下澄心诵读。每逢来复①日，总到狱中的小礼拜堂去，高唱圣诗。那声音却还不减当年，甚是响朗。狱中官长，都称他品行端正，实是罪犯中不可多得的人物。同伴们也都器重他，有的唤他作祖父，有的唤他作圣人。凡有人要向官长陈情，总请挨克西诺夫去做说客。同伴中倘有什么争端，往往请挨克西诺夫替他们判断。只要他说一声谁是谁非，大家都倾服，没一个敢说个不字的。挨克西诺夫好几年做了这他乡之客，欲归不得。望断云山，也不见飞来只字，不知道他老婆儿女是生是死，好不挂念。

---

① 即礼拜天。

一天，他们狱中，又有一群新罪犯到来。到了晚上，那许多老罪犯便聚在他们四周，开起谈话会来。问他们从哪里来的，犯了什么罪。你一句我一句的，兀是刺刺不休。挨克西诺夫只坐近了他们，垂着头，细细地听着。就中有一个六十来岁、长身白发的人，开口说道："兄弟们，我流到这里来，并没犯了什么大不了事。只为从一辆雪车上解下一匹马儿来，可巧被人家拿住，说我是个盗马贼，想盗这马呢。我虽苦苦分辨，总辨不清楚。后来审了一场，就糊糊涂涂的送到西伯利亚来了。然而公道自在，想来不久就能回去咧。"一人问道："你从哪里来的？"那老犯答道："我从佛拉迭末镇来的，我出身原是那边的人。姓西米拿维克，名儿换作梅苟。"挨克西诺夫一听得"佛拉迭末镇"五字，分外清明，忙抬起头来问道："西米拿维克君，你可知道那边有一个商家，换作挨克西诺夫的，如今可还存在么？"那老犯答道："我知道，我知道。挨克西诺夫原是镇中著名的富商，只可怜他受了杀人的嫌疑，早年就流到西伯利亚来了。只是你老人家为了什么事到这里来的？"挨克西诺夫道："我为犯了大罪，在这里已做了二十六年的苦工。"老犯道：

"你犯的是什么罪？"挨克西诺夫道："总之我罪有应得，此刻也不必去说它。"当下那几个老同伴便把他的冤狱和西米拿维克说了，西米拿维克听罢，向挨克西诺夫熟视了好一会，拍着膝盖，大呼道："奇怪，这真奇怪！祖父，你已老得多了。"大家问他什么事奇怪，他却不肯回答，只说道："兄弟，这事儿煞是奇怪，想不到我们却在这里相见。"挨克西诺夫一听这话，心中顿时起了一重疑云，疑这西米拿维克即是当年杀死那个商人的凶手。于是忙问道："西米拿维克，我从前的事，你也知道么？你从前可曾遇见过我没有？"西米拿维克道："我倒也有些儿忘却，这事似乎很长久咧。"挨克西诺夫又问道："那个杀死商人的凶手是谁？你或者也知道么？"西米拿维克笑道："知道，那凶手在那商人行囊里找到了一把刀子，把他杀了，便把这带血的刀子掉在你的行囊里，人不知鬼不觉地飘然而去。"挨克西诺夫到此，心中已雪亮，知道这人正是陷害自己的凶手。便也不说什么，霍地立起身来，搭讪着走开去了。这一夜他在床上翻来覆去，再也不能入睡。通宵转侧，悲从中来。影像种种，逐一现在眼前，仿佛瞧见他老婆玉貌如花，仍和从前把别时一模一样。一时见她的粉靥，见她的妙目，且还听得她银钟也似的语声笑声。一会又仿佛瞧见他所爱的儿女，娇小玲珑，玉雪可念，正掬着笑容向他。一会又记得那天在旅馆中弹着六弦琴的时候，何等快乐，哪里知道警吏突然来了，不分皂白把他拘了去，生生地送入黑狱之中。一会又记得被鞭的时候，何等痛苦，行刑人执着皮鞭立着，恶狠狠的，好似魔鬼一般。鞭儿着处，血肉纷飞。四下里却还有无数没心肝的人瞧热闹，说着好玩咧。一会又记得铁索锒锒，长途仆仆，往西伯利亚来了。一会又记得二十六年中做着苦工，消受了万般苦况。这些如云如烟的影事，霎时间潮上心头。只觉得苦多于乐，哭多于笑。当下里不由得不咬牙切齿地说道："我这大半生都害在那恶贼奴手中，一辈子也忘不了他呢。"一会儿却又心平气和起来，想宁人负我，我毋负人。如今年已老了，死正不远。与其报仇于那人之身，不如自己早些儿死，保着我一个清清白白的身体，总算一生没有对不起人家的事。当夜便祷告了一夜，第二天也并不和西米拿维克接近，连正眼都不向他瞧一瞧。

　　像这样过了两来复，夜中往往不能安睡。心坎里觉

32　　　　　　长相思

得悲痛万分，不知道怎样摆布才好。有一夜偶然走过一间狱室，猛见一只床架下边，似乎有个人躲在那里。立定了瞧时，却见那梅苟西米拿维克霍地直跳出来，瞧着挨克西诺夫，两眼中都现着慌张的样儿。挨克西诺夫假作没有见他，依旧向前走去。西米拿维克却斗的一把拉住了他，说正在墙脚下掘一个洞儿，预备逃走呢。接着又道："老人，你倘替我守着秘密，我便把这出路和你说。要是泄露出去，给大家知道，或者报告上官，把我鞭个半死，如此我就不与你干休，定要结果了你的性命才罢。"挨克西诺夫摆脱了西米拿维克的手儿，怒气勃勃地瞧着他说道："我不想逃走，你要杀尽杀。委实说，你已杀了我好久咧。从今以后，我一切都听上帝。上帝教我怎样，我就怎样。"第二天早上，那许多罪犯们都照常去做工，却有一个守兵一眼瞧见西米拿维克脱了靴子，把一靴子的泥都倒在地上。那守兵见了，立时起了疑，忙去报知狱官，大搜狱室，末后果然发现了那个洞儿。一会便召集了全狱的罪犯，问是谁掘这洞的。大家面面相觑，没一个肯承认。那狱官知道挨克西诺夫是个诚实人，或能从他口中探得消息，便向他说道："老人，我一向知道你是诚实的，如今当着上帝告诉我，掘这洞的到底是谁？"这当儿挨克西诺夫手也颤了，嘴唇也颤了，好久说不出一句话来。心中却在那里想道：我半生幸福，都给那恶贼奴葬送了个干净。此刻正好趁此报仇，一消心头的愤气，我为什么放过他！转念却又想那鞭刑何等的可怕，我是过来人，曾经尝过味儿的，怎忍下这毒手，使他受那切肤之痛，还是依旧照着"宁人负我，我毋负人"八个字做吧。于是闭着嘴儿，默然不答。那狱官又道："老人，你来，从实和我说，掘那洞的是谁？"挨克西诺夫瞧了西米拿维克一眼，说道："上官，这个我不能告诉你，上帝也不许我告诉你。因此我就仰体上帝之意，恕不奉告。上官倘要怎样处置我，尽请施行。罪人可是在上官权力之下，生死唯命的。"接着那狱官又说了许多好话，苦苦劝他说，他却一百二十个不开口。没奈何，只得把这事儿搁起不问。第二天晚上，挨克西诺夫已上床睡了，怎奈两眼像鱼目似的，兀是合不拢来。猛可里却觉得有人踅将进来，在自己足边坐下。挨克西诺夫仔细一瞧，见是梅苟西米拿维克，便开口问道："你来做甚？可有什么事见托么？"西米拿维克低着头儿，不则

长相思

一声。挨克西诺夫便坐起来说道："你还有什么事？快去快去，不去时，我可要唤那守兵们来了。"西米拿维克挨近了他，低声道："伊文挨克西诺夫，求你恕我。"挨克西诺夫道："恕你什么？"西米拿维克道："要知当年杀害那商人的即是我，把那刀子掉在你行囊中的即是我。那时我本来也想结果你性命的，只为听得门外忽地起了些儿声息，因此着了慌，把刀掉了，从窗中逃将出去。我害了你二十多年，还求你恕我则个。"挨克西诺夫钳口结舌似的一声儿也不响，西米拿维克屈膝跪了下来，又道："伊文挨克西诺夫，请你恕我，瞧着上帝的份上，恕我。现在我要一心忏悔，使他们知道我实是杀害那商人的真凶，你实是个没罪的人。这样或能还你自由，送你好好儿回家去咧。"挨克西诺夫道："我还回到哪里去？我老妻听说已经死了，我子女总已不认识我了。世界虽大，可没有我的去处呢。"西米拿维克依旧跪着，把头儿撞着地说道："伊文挨克西诺夫，求你恕我。我见了你，比受那鞭刑还要难堪。伊文，你简直是世上唯一的好人。我害了你，你不但不念旧怨，刚才倒反替我守着秘密，免我受那惨无人道的鞭刑。你这种生死骨肉的大恩，我生生世世忘不了的。只我此刻还求你为了上帝的份上，恕我以前的罪恶。我实在是个该死的恶人！”说到这里，放声哭了。挨克西诺夫见他哭，也禁不住流下泪来。一会才道：“你既能忏悔，上帝自也恕你。或者我生平的罪恶，正百倍于你，也未可知呢。”从此以后，他不想出狱，也不想回家，只委心任运，等那死期到来。但是梅苟西米拿维克良心发现，早在上官前自认是从前杀害那商人的凶手，说挨克西诺夫是个没有罪的人，竭力替他请命。叵耐挨克西诺夫的赦免状到时，可怜他一缕幽魂，已和这二十六年息息相依的监狱告别，悠悠地归西方极乐国去了。

（选自《欧美名家短篇小说丛刻》，中华书局 1917 年版）

一饼金

〔法〕柯贝[①] 原著

柯贝（Francois Coppée），以一八四二年一月
十二日生于法京巴黎。初以诗人名，有《神龛篇》
《仇恨篇》二诗，得执法兰西近世骚坛之牛耳。尝
为陆军部秘书，居三载，始去职，致力于声诗之

---

① 今译为科佩。

学。后又成剧本、说部多种。剧本有《旅客》《弃妇》《马丹孟迭朗》诸作。说部多短篇，有《散文小说集》《新小说二十种》等，亦均有声。舍著述外，又任祖国报评剧记者。一八八四年，得入文学院。一八八八年，去而为军官。顾军务之暇，仍治文艺如故。以一九〇八年五月二十三日卒于巴黎。

罗新郝谟眼瞧着他最后的那张一百法郎钞票，被管账员的耙耙去了，便从那轮盘的赌台上立起身来。他好容易凑集了这一笔小小钱钞，原为剧战一场来的，却不道又失败了。当下里觉得头脑昏昏，直要栽下地去。

他的头昏了，他的两腿软化了，便投身在这赌场四周设着的皮座上，呆望着这秘密之窟。心想他那少年最好的时代，都在这窟中给毁坏了。他又望着赌客们那些憔悴的面庞，只被三面大反光镜反照着，分外的惨厉。一壁又听着金钱在台布上轻轻撞击的声音，知道自己已完全失败了。不由得记起家里的衣柜中，正藏有三支军用的手枪。他父亲郝谟将军当大佐时，曾仗着这枪，在进攻石界一役血战过的。接着他觉得疲乏已极，便沉沉睡熟了。

他醒回来时，口中很觉胶黏。一瞧钟上，睡了不到半点钟，满想出去吸些新鲜的空气。钟上的长短针，去夜半只有一刻钟了。罗新立起来伸开两臂，便记得这是耶稣圣诞的前一夜。偶一转念，猛觉自己仍回过去做了个小孩子，在临睡时，正把鞋子放在火炉前呢。

这当儿，那赌窟中的柱石老德隆士基走来了。他是个波兰人，穿着一件破外衣。衣上全是裥带和油渍，肮脏不堪。他走到罗新跟前，在他那部灰色而龌龊的须子中，喃喃地说道："先生，只须借与我五法郎好了。你瞧，我已两天没有离开俱乐部。这两天中，总也不见'十七'转出来。你要笑我，不妨由你笑。但到夜半时，这数目要是不转出来，你不如截去我这一双手。"

罗新郝谟耸了耸肩，他衣袋中委实也付不出这笔进门税。在他们常来的赌客们，是唤作"波兰人的一百苏"的（按：苏为法兰西之铜币）。他于是人到外室中，戴上了帽，披上了外衣，急急地赶下楼梯去，好像是一个发热病的人。

罗新在那赌场中已盘桓了四个钟头了。这四点钟中，门外正下着大雪。那街是巴黎中心的街道，狭狭的一条，而两面都是高高的屋子，此刻已被雪花铺得皑皑一白了。罗新出门时，雪已停止。那晴朗的天空中，泛作了蓝黑之色，星斗闪闪地放着寒光。

这一败涂地的赌徒，在他的皮大衣中打颤着。一路走去，他的心中翻来覆去起了好多绝望之念，更想起那老衣柜中的一匣手枪正等着他。但他走不上多少路，就站住了，却瞧见一片伤心惨目的景象。

在一宅大厦门外的石凳上，有一个六七岁的女孩，身上穿着破烂的黑衫子，正坐在雪中。任是天气冷得紧，伊却也睡熟了。瞧伊的模样儿，分明是疲乏已极，一些儿气力都没有了。伊那可怜的小头和柔弱的肩膊，都倒垂在墙角，贴在冰冷的石上。一只小小的鞋儿，从伊垂着的脚上泻落下去，掉在伊的前面。

罗新郝谟不知不觉地探手到他衣袋中去，但他立时记起先前也曾摸索过袋中，却连二十个苏都没有，因此并没有付那赌场中侍者的小账。然而一片恻隐之心，兀自冲动着。他便走近了那小女孩子，也许想把双臂抱了伊，给伊去找一个过夜的宿顿。不道他眼快，斗的望见那掉落在雪中的鞋儿里，有甚么东西霍霍地发亮。

他俯下身去瞧时，却见是二十法郎的一饼金。这多分是哪一位慈善的太太，当着这圣诞的前一夜，路过此地，瞥见了这睡儿的鞋子，便记起那相传下来的一节故事，不由得掏出这一饼金来，悄悄地放在鞋中。借此好使这苦孩子仍相信那基督幼时将礼物赠人的故事，而在流离不幸之中，还抱着希望和信仰心。

二十个法郎，尽可使这苦女孩得好几天的休息和温饱。罗新正想唤醒了伊，把这话对伊说。但他在精神错乱中，耳边仿佛听得那波兰人放着油滑的声调，低低地对他说道："你瞧，我已两天没有离开俱乐部。这两天中，总也不见'十七'转出来……到夜半时，这数目要是不转出来，你不如截去我这一双手。"

于是这二十三岁的青年，家世诚实，又向在军中有名，而从不曾做过一件无耻的事情的。此刻却起了一个恶念，他被那疯狂而可怕的欲望制服住了。抬眼一望，见自己正独在街中，并没有旁的人。因便屈膝跪了下去，伸着一只抖颤的手，将那鞋中的一饼金偷了，接着用了他全身的气力，跑回赌场去。三脚二步跳上阶石，把拳头推开了那厚重的门，入到室中。那时钟声镗镗，恰开始报着夜半了。他即忙将那一饼金放在绿色的台布上，高声嚷道："全注在'十七'上。"

那"十七"果然赢了。他挥一挥手，把三十六个金币全放在红色上，那红色却又赢了。他不动，由这七十二金币仍留在原处，不道那红色偏又转了出来。他这样二倍三倍的加上注去，竟一样的占着胜利。他的面前，早堆着一堆的金币和钞票。他发疯似的在台布上随意散放，"十二""柱子""全数"，没一次不赢。这简直是从没有听得过的好运，也可说不是人世所有的。但瞧那小小的象牙球满盘子的跳着，而罗新目光注在哪里，那球自会服从着落在那里。他在最初十二次中，早把这夜黄昏时候所输去的几千法郎一起收回了。

每一次下注，总是二三百个二十法郎金币。仗着他好运临头，有进无退，直把这几年来浪费的财产全都恢复了。只为他一心一意地赌着，连那皮大衣也没有脱去，几只挺大的衣袋中此刻已装满了一束束的钞票和一卷卷的金币。赢得钱太多了，再也不知道放在哪里才好。于是他那礼服内外的袋中、半臂袋裤袋中、雪茄烟匣中、手帕中，凡是可以安放东西的所在，没一处不是被钱钞塞满了。他不住地赌，不住地赢，好像是个疯人，好像是个醉鬼。他兀自把一握一握的金钱乱撒在台布上，现出稳定和轻蔑的态度。

不过他的心中，似乎有火热的烙铁在那里烙着。他想起那睡在雪中的小女化子，他的钱便是从女孩子那里盗来的。当下他又想道："伊仍在原处不用说，伊一定在原处的。且等钟上报一点钟时——我敢赌誓——我一定离开这里，抱着伊，睡在我的臂间，回到家里去。给伊眠在我的床上，往后我便抚养伊起来。伊出嫁时，给伊一笔丰厚的妆奁。我得像爱自己女儿般爱伊，常常地当心伊、照顾伊。"

但那钟镗的报了一下，一点一刻、一点半，去二点只有一刻了……罗新仍还坐在那万恶的赌台上。末后去二点钟只有一分了，那赌场中的主人陡的站起来说道："列位这里所有的钱已完……今天可也够了。"

罗新跳起身来，很暴躁地推开了四下里围看的赌客，急匆匆地赶出去。跳下阶石，没命地跑到那石凳之前，他就着一盏街灯，早远远地望见那小女孩子。当下便欢呼着道:"感谢上帝,伊仍在那里。"于是飞跑过去,握住伊的手,说道:"呀!伊何等的冷啊!好可爱的小宝贝!"

他就伊两臂之下抱了伊起来,想带伊回去。那孩子的头倒向后面,却依旧酣睡不醒。他自言自语地道:"他们小孩子,是何等的好睡啊!"说时把伊贴在自己胸口,想偎暖伊。不知怎的心中很觉焦急,亲了亲伊的眼睛,借此惊醒伊。一会儿他却吃惊起来,原来他见那女孩子的眼皮半开着,现出两个呆滞不动玻璃似的眼珠来。猛可里便有一个恐怖之念,直掠到他心上。他急忙把嘴凑近那女孩子的嘴时,觉得竟没有呼吸了。

他正在借着那偷来的一饼金,赢得了好一笔钱,却不道这无家可归的女孩子,竟生生地冻死了。

罗新受了这绝大的刺激,喉咙中痒痒得待要呼喊起来……这样用一用力,便把他从梦魇中震醒了。他依旧坐在那赌场中的皮座上。赌场中的侍者,可怜见他是个一败涂地的人,因此并不唤醒他,自管回去了。

冬日迷雾的曙光,白白的照在窗上。罗新走将出去,质当了他的时计,洗了一个浴,用了一顿早餐,便到征兵总局去，签下名来。自顾投入亚非利加轻骑兵队，如今罗新郝谟已升做中尉了。只仗着饷银过活，却还宽绰有余。因为他是个很安分的军官，平日间从不和纸牌接触，因此他且还有了储蓄了。有一天在亚尔奇亚，他在那甘士白崎岖的街上走去。有一个伙伴正在他后面走，瞧见他掏出钱来，给一个睡在穹门下的西班牙小女孩子。那伙伴生性好奇，瞧罗新给了多少钱，当下不由得惊叹这苦中尉的慷慨为怀，乐善好施。原来那女孩子的手中，明明是二十法郎的一饼金。

（原载《紫罗兰》第 1 卷第 9 号，1926 年 4 月 12 日出版）

现代生活

〔西班牙〕白勒士谷[①]　原著

　　按：白勒士谷氏（E. Blasco）为西班牙著名小说家与编剧家之一。生一八四四年，卒一九〇三年，所作善于讽刺，笑嬉怒骂皆成文章。斯作英名《现代生活》(*Modern Life*)，其代表作品也。生

---

① 今译为伊巴涅斯。

平著书甚富，都二十七卷，其《乡村补靴匠》（*The Rustio Cobbler*）一书，尤为彼邦人士所传诵云。

（一）

先生，这是讲述一个父亲的事。他有四个儿子，长子是二十四岁，次子是二十三岁，三子是二十二岁，四子是二十一岁。这为父的是个老鳏夫，以银行为业，而极富极富的。

可是有三个儿子已得了学士的学位（这在现代生活中是没有实用的）。有一天便唤他们集在一起，对他们说道：“我的儿，如今你们都须择定你们的终身事业了，你们可要干甚么？”

那长子名唤孟元尔，答道：“父亲，我要做一个律师。”父亲道：“好，你就做律师罢。”

次子名唤安东讷，答道：“我要做一个医生。”父亲道：“那你就做医生，我并不反对。”

三子名唤育山，答道：“父亲，我要像你那么做一个商人，做一个银行家，挣钱挣得很快。”父亲道：“我定然助你，如你的愿。"

那兄弟中最幼的一个停了好一会，才很温顺地说道："爸爸，我要做一个强盗。"

当下里大家便闹起来了，那父亲从椅中跳起身来，头顶几乎撞到了天花板。他那哥子们便骂他是流氓，是懒汉，是无赖，是骗子，是不肖子，是恶弟弟，将来还是个不良的国民。便是下人和邻人们听得了他这种邪僻的愿望，也大加毁谤。然而那孩子仍反复地说道："我既要做一个强盗，那定然做强盗了。你们倘不许我做，我就脱离家庭。"他父亲便从家庭中撵他出去，没口子地咒骂他，当真演了一出家庭的活剧。

这天晚上，这富人的儿子狄麦，收拾了他的行装去瞧这屋中一个最老的老下人，他并不知道是甚么一回事，只以为那孩子是往加士铁或安达罗西探亲去的，狄麦对他说道："赖蒙，我正在窘困之中，而又不愿意去打扰父亲，你老人家可能借与我一千比斯德（按：即西班牙之银币），准下礼拜中还给你就是了。"

赖蒙手头原是积有几个钱的，便数了二百银圆，递给他，狄麦是打定主意一去不归的了，一壁却说道：

"好，一笔债是一笔债，如今我就可借此发展咧。"

（二）

二十五年过去了。

二十五年，是好长的时间，却一些儿也不听得那恶少年的消息……

那父亲如今已过了七十岁了，变得很老很衰弱，因为他在这时期间投机失败，丧失了他的财产……那高地的银行倒闭了，他所有的钱和信用，也同归于尽……有二三个朋友失踪了，拖欠了他几千块钱……他先前曾有车马屋宇、猎墅别业，只因他像一个正直的君子一般，慢慢地还了别人的债，如今便住在台萨柏拉图街一间小房之中，十二块钱一月的租金，唉，可怜的人！

他的儿子们也一样的不幸。

那律师孟元尔，在二十五年间只接得了两件讼案，两案又全都失败。他们虽说他的当事人是对的，而对方很有势力，那恶人的律师认识国务卿、上下院议员，他便像霎眼睛般很容易地胜了两案了。孟元尔失望之余，便死心塌地的受雇在一家公司中，每年薪水二千比斯德，不够养他的妻子和五个儿女。他在这不幸的法律生涯中所得到的唯一报偿，单是一个罗马教徒伊萨白的十字勋章。也是他向来认识的一位议员送给他的，但他从不佩挂，因为没有这种规例。

那医生安东讷也不曾发迹。他应诊不久，他的病人中就死了二三个，其实他们本来要死的，因为害的是死症，这种病没有人能医治，这么一来，那些知道他而嫉妒他的医生们，是何等的快乐啊！他们便开始数说他是个杀人的凶手，他并不知道甚么医药，而他的父亲又是骗子，是个狡猾的商人，害病的人，就不应该去请教这么一个父亲的儿子。

感谢他儿时的一个朋友，也是做医生的，他很为愚蠢，没有甚么学识，但他很有几个钱，设了一所极富丽的诊所，充满了许多精巧伟大的机械。在新闻纸中大登广告，说是百病急治，应手可愈，每次诊金二十元。我又得说，感谢这位朋友，给他得了一个位置，在一处矿泉那里做医生，但因不多登广告之故，人家是不大知道的。

第一季中他所得的病人不到十四人，内中有二人是从马德里城来的赌徒，害的是胃病，但他们并不听从医生的话，夜中自管喝着酒，弹着六弦琴玩。

内中有一人在疗治中狂饮无度，便害上了一种制命地虎列拉症①，在三天中死了。他的哥哥不愿意出医费，便说医生混蛋，不知在那里干甚么，接着在新闻纸中大登诋毁的文字，闹得乌烟瘴气。安东讷于是被医院中斥退了，很耻辱地回到马德里，既没了职业，又不名一钱。

无论他怎样尽力，总也得不到一个病人。他先后在二三处市镇中自行悬壶，那佛拉啊，亚拉买啊，利哇嘉啊，都曾到过。乡民们并不给他钱，倘有人死了，却合伙儿攻击医生。他闷闷地回到马德里，只仗着一家药店中给一些钱过活，这药店就是自命为可代医生，而出卖那种可医百病的药品的。

育山便是愿意学他父亲做商人的那个儿子，他在二十五年间一无所得，只丧失了金钱、光阴和健康。他开了一爿商店专卖美丽的东西——领结、围巾、香水、

---

① 虎列拉症：霍乱，简称虎疫。

纽子、手钏、手册、手袋、行杖、罗伞、衬衣、时计、小雕像、玩具、美术品、新奇的物件……然而端为了商约、关税，有钱的主顾们高兴时付账，不高兴时完全不付，战事荒年、展期的宕账、立须付现的支票、拒绝证书、存货、恶魔的打扰……倒了，有一天他竟宣告：破产！于是人都嚷道："自然有此父，自有此子。你还希望些甚么啊？"到此一般商人都很快乐，债户们安然而去，而育山和他的妻子儿女都流落了。末后他做了一种周刊的经理，薪水不过六利尔（按：此系西班牙货币，每利尔合英币二便士半）一天，还是不常照付的。

三兄弟惯常去伴他们那个可怜的病父坐在一起，只雇用着一个下人，既没有医生，也没有药品，就由他儿子安东讷诊治，所开的药方全是很贵的。在这屋中第三层楼一间简陋的小房中，大家都说道："不知道狄麦怎样了啊？"一个道："他定已入狱了。"孟元尔道："他定已死了！"一个道："他也许是被害的。"一个道："只有上天知道。"一个道："试想这二十五年间，竟一封信都没有！"一个道："这是何等的不肖子！"一个道："是何等的恶徒！"一个道："是何等的恶弟弟！"那父亲道："我的儿子们，快为他祈祷，愿上帝可怜见这不幸的小子！"

（三）

一天午后（这天是礼拜日全家都聚在一起），下人拿了一张名片进来，说道："主人，一个下人递上这名片来，有一辆马车等在门前。"孟元尔抢了那名片读道："萨海根侯爵。"

一时大为激动，竟是一位侯爵！他们忙着将椅子放在原处，整理那病人的床褥，扯直了各人的领结，又把弟兄三人在他们父亲床边玩着的纸牌藏过了。

三层楼上来一位侯爵，这可是谁啊？老人开口说道："萨海根侯爵……萨海根是我的故乡，在里昂省中，那边并没有这爵位的。"当下那下人来报道："这绅士来了！"

入到室中来的，是一个四十五六岁的人，衣服很精美，纽孔中系着一条红带，似是爵位的标记，身上洒着最名贵的香水，妙香扑人。

他们都同声呼道："狄麦！"

委实是他，任是他那秀髯和秀发中已杂了斑白，也很容易地辨认出来……狄麦走近了床，跪下来说道："父亲，浪子离家，末后往往衣衫褴褛地回到老家里来。然而在旧时代是如此，我回来时，却是一个大富豪，并且很有势力了。你老人家可能恕我么？"

那财富和富人的空气，往往能诱惑和催眠一般傻子的，他们全家都能瞧到狄麦的回家，是有利于一家的预兆。二十五年来的痛心和咒骂，就在这一刻之间忘却了。

那父亲呼道："我的儿！"

"欢迎你！"

孟元尔、安东讷和育山都拥抱他，和他接吻。狄麦在这一家中，差不多是上帝了。

何等的高兴，何等的动容！是何等快乐的片刻，又是何等的欢欣鼓舞啊！

他们既表示了一番亲爱之后，他父亲对他说道："快告知我们，我的儿，告知我们，你怎么会达到这般高高的地位？"

狄麦向着门走去，他把门锁了，室中便只有他们一家的人，他在开始讲述之前，先就说道："父亲，劫夺罢了。"

（四）

那老人很吃惊地从床上坐了起来，狄麦忙道："不！不要吃惊，据他们说，我并没有做甚么坏事，我满载着荣誉和金钱回来，我受人的尊敬。我所过的，就是他们所谓'现代的生活'。"

"你们瞧：我从赖蒙手中骗得了一千比斯德……且慢，赖蒙如今怎样了？"

"他如今已很老了，因为他是个老军人，我们便送他到军人养老院中去。"

"今天我得给他一二千块钱。"这数目好像甘露般降在他们一家。

狄麦又道："孟元尔，你的名下，我已给你提出二千块钱。安东讷和育山，你们俩也各得此数。父亲，至于你，我昨天已在高斯德赖那买了一所屋子，我们可以同住在一起，你老人家便做这一家之王。"

这当儿他们已不听得他的话了，眼睁睁地瞧着他，直当他是个神奇不可思议的人物。

狄麦接着说道："当初我既得了那一千比斯德，又向一个朋友借了一千，便登船往合众国去。这是一个有金钱而没有道德的国度，到得我能开始营业时（现在的所谓营业就是包括着取得他人的钱），便在一个大船主大富豪的家中得了工作，在六个月之间我就盗了他的夫人。"

那父亲大呼道："天哪！"

狄麦道："父亲，这是一件难以防止的淫行。而那两半球的新闻纸，称为一出情爱的活剧，人人都偏袒我。伊年少而活泼，伊丈夫却又老又病，待伊很恶。新闻纸中又印着我和伊的小像，并且还印着那以枪自杀的老头儿小像，那时我直是国中一时代的英雄。便同着我的爱人上加利福宜州去，伊带过来五十万美金，可是为了那边最有钱的人，可最得人的尊重我就着手办一种人人喜办的营业，便是一个没有金子的金矿，并且连这矿也没有的。"

"但是这就是欺诈啊！"

狄麦道："然而这种事是天天有的，那公众又是全世界的傻子，竟立刻纷纷地投资，而我的股票已散在市面上了，末后便来一次大失败……于是我弄出一个无足轻重的人来挡头阵，负这责任，我只算是个支薪办事的经理人罢了。到事情破裂，那人捉将官里去，我却嚷着：'贼，贼！'咦，孟元尔，你笑么？你既是律师，这种事总已见得不少了，没见过么？委实说，只须出了一万块钱的律费，你就得给我辩护。

我从这投机事业上得了一大笔钱……（父亲，目下我们称这样的事叫作投机事业，事实上却往往不对的）便成了富人往巴黎去，大模大样地在那边住下，做了一个法兰西国民。"

他父亲坐起在床，大呼道："法兰西，我的儿子是法兰西人，决不决不！不行不行！"

狄麦道："爸爸，但你不知道我们西班牙正有着世界中最聪明、最便利的法律么？这法律尽有给人忏悔和爱国的余地，依照民律第二十一条，西班牙人丧失了他的国籍，改入外国籍的，只须当着他居留地点的民律司册官前，申请复籍，便可恢复过来。我照着这样做去，就依然是西班牙人，不过当初和法兰西人厮混着挣我的财产罢了。"

孟元尔赞道："精明得很。"安东讷和育山也道："神妙之至。"

狄麦又道："巴黎这一个城，是奴事金钱和有钱的人的。我一到那边，便开始设立无数的公司，都是不利于旁的人，而有利于我自己的。那法兰西人都好似小孩子，他们竟非常容易的受人欺骗，试记取那巴拿马事件、梅笃克公司事件、脱郎斯华金矿事件，这全是引诱麻雀的网……端为金钱和荣誉是在巴黎占得势力的要素，又端为这共和国中有爱好贵族的狂热，在第一年上我就赶往罗马去买了一个爵衔。我以萨海根侯爵的名义，随时大宴宾客，这实是结交朋友和引人爱慕的新方法，不多时我就操纵全市了。有一个发明家一无所有，也像旁的发明家一样，把他的新发明品讲给我听，我偷了他的意思，又挣得了一笔财产。"

他父亲太息道："孩子，瞧上帝的份上。"

狄麦道："但你不知道凡是制作发明或创始一件事物的人，原得不到利益的么？著作家被出版人利用，优伶被戏班主利用，发明家被资本家利用……资本，我即是资本，全世都俯伏在我的面前。妇人们都崇拜我，我有意让吾妻跟着一个用情于伊的穷汉逃跑了，便将一个很固执的女子屈服下来，几百万的金钱，像水一般流进来……宝星啊，十字勋章啊，宝典啊，我从世界各国接受到手……而此外也有代办所出卖这种章绶的。总而言之，我在这里行年四十有六，被称为'富的银行家''大理财家'和'大慈善家'，因为我曾将成千的法郎给与穷人。如今我又将在这里建立医院、学堂和他们所需要的事业……好啊，父亲，明天我们迁入大厦中去，下层全部归你，第一层楼给哥子们和他们的家眷居住，每人各有三四千块钱，存在银行中，而我却要进行做众议员、上议员和国务大臣了……我还得制定法律。"

末了儿他们便放声大笑起来，眼见得金钱从天而降，掉在他们的身上，不由得陶醉了。那父亲一半儿已瘫痪着，却从床上跳将下来，孟元尔跑回去报告他的家人，安东讷唱着歌，育山正在想着在马德里城的中心开起大商店来。狄麦见他们都快乐，便也乐极而笑，临去时他对那开车门的穷小子说道："去工作，去工作！我是自小儿忙着工作的！"

于是全家都说道："是何等伶俐的汉子，他原时常显得有大才干的。"

　　大才干！！！

　　（原载《紫罗兰》第 2 卷第 20 号，1927 年 10 月 25 日出版）

意外鸳鸯

〔英〕史蒂文逊① 原著

史蒂文逊小传

　　劳帛脱路易培尔福史蒂文逊（Robert Louis Balfour Stevenson）以一八五〇年十一月十三日生于苏格兰之哀汀堡（Edinburgh）②，为著名机师劳帛

————————

① 今译为史蒂文生。
② 今译为爱丁堡。

脱史蒂文逊氏之孙。初拟继承先业，继忽去而学律，入哀汀堡大学。既毕所业，即被延而入苏格兰法庭，为辩护士。少能文章，间亦操觚为文，名乃立著。生平好游，常识亦广，尝遍历法兰西诸部，赏其山水。复附一移民之舟，渡大西洋，作汗漫游。一八八九年，以病之台湾[①]，居五载，一以著述自娱。其最初之作，有《内地之游》(*An Inland Voyage*)、《西佛纳山中驴背旅行记》(*Travels With a Donkey in the Cevennes*)、《佛奇尼白司潘立斯克》(*Virginibus Puerique*)诸书。一八八二年，荟集所为怪诞之小说，名之曰《新天方夜谈》(*New Arabian Nights*)，书出，备受社会欢迎。翌年，著《宝藏岛》(*Treasurd Islanc*)[②]，亦负盛名。后三年间，又成《诱引》(*Kidnapped*)、《邬土亲王》(*Prnce Otto*)、《书杰格尔博士及密司脱哈特异事》

---

① 此处"台湾"误译。史蒂文逊在 1890 年购买了太平洋的乌波卢岛（Upolu）的 400 英亩的土地并建屋居住，将它命名为凡利麦（Vaitinma）。

② 今译为《金银岛》。

（ *The Strange Case of Dr. Jekyll and Mr. Hyde* ）[①] 诸书，均称杰构。其他说部、杂著，不下数十种，有诗三卷。氏固生而多病，体质久毁，于一八九四年十二月三日卒，葬台湾凡利麦（Vailinma）所居屋后之山巅上，从其志也。

但枭司特蒲留年纪还不到二十二岁，他却自以为是个旋转乾坤的英雄，顶天立地的好汉。可是孩子们生在这战云漠漠、四郊不靖的时代，能打得仗，冲得锋，能堂堂皇皇杀他一两个人，能知道些儿人世间的权变策略，自也怪不得他要高视阔步、目空一世咧。有时夜深人静，他却还怒马独出，学那些侠客的行径。然而，这个委实不是他的幸福，像他那么一个少年，还是伏在家里火炉旁边，或者早些上床睡觉，倒是明哲保身之道。可是这当儿白根台和英吉利的兵队，混成一起，密布各地，夜中到处乱跑，很不方便呢。

话说一千四百二十九年九月中一天傍晚时候，天气

---

① 今译为《化身博士》。

十分阴沉。漫天风雨，并力地猛攻那镇儿。树上枯叶，飘落满地，打着磨旋儿在那几条街上走着。人家窗中，有的都已上了灯，透出一道两道的光来。有几处似乎是驻兵的所在，兵士们正在那里晚膳，满腾着笑语之声，时时外达。只被风儿掩住了，不大分明。一会儿夜色已上，那塔尖上树着的一面英国国旗，受风而翻，给飞云掩映着，淡淡的只是一个黑点，好像一羽孤燕，在那铅色的天空中飞着。到了晚上，大风忽起，豁喇喇地掠过街上。连那镇下山谷中的树儿，也翦得萧萧作响，似是虎啸狮吼的一般。

这时但臬司特蒲留正急匆匆地走去访他一个朋友，预计小作勾留，便回家去。不道到了那朋友家里，他们待他亲热得什么似的。留着用过晚膳，又有一搭没一搭地闲谈了好久，不觉把时候耽搁得晏了。告别出门时，早已过了夜半。一时间大风又刮了起来，四下里又黑黑的，仿佛踏进了个坟墓。天上既没有一颗星，又没有一丝月光，只重重叠叠的，堆着那棉絮似的厚云。加着那兰屯堡近边的几条曲巷，但臬司一向不大熟悉。就在青天白日之下，也须摸索着走去，到此自然迷了路，不知道望哪里走才好。只知道他朋友的屋子，是在这兰屯堡的梢上，头上便有一所小客寓，正坐落在那礼拜堂钟塔之下。如今唯能上了小山，投往小客寓去。主意打定，就彳亍而前。有时觉得在什么空旷的所在，头上即是天空。于是停了停脚，吸他几口新鲜的夜气。有时似乎摸到了什么峭壁之间，狭狭的几乎使人透不过气来。四下里又静悄悄的，没一些儿声响，益发使人生怕。但臬司一路摸去，有时摸在人家窗儿的铁梗上，冷得冰手，还道是摸着了什么蟾蜍。有时觉得脚下七高八低的，几乎把颗心儿也颠到了口中。一会才又到了一处开旷的所在，仰见天光，比刚才也亮了一些。瞧那两边屋子，都现着一种奇怪的样儿。但臬司也不去管他，只打叠起勇气，向前赶去。每逢到了转弯抹角，才住了脚，向四面望一下子。往后他又在一条羊肠小径里踅着，伸手便触着墙壁，狭得什么似的。出得巷来，却见地势渐渐低下，分明不是向那小客寓去的方向。巷尽处，有一个望台，能望见那几百尺下边的山谷。黑魆魆的，仿佛是个鬼窟。但臬司低头瞧时，但见几个树梢，底下又有一个白点，在那里晃动，知道是一条河流，横断而过。这当儿，天上积云都已消散，天容又很明朗。那小山的边儿，约略可见。隐约中，他又瞧见左面有所大厦，上边耸着几座小小儿的尖塔。原来是礼拜堂的后部，有几堵扣壁，突出在外。那扇后门，隐在深廊之中。廊上雕着许多石像。又有两个很长的檐溜。那几扇窗中，都有着烛光。一丝丝地透将出来，倒使那扣壁尖塔，益发觉得黝黑如漆，和天光合在一起。只那建筑自辉煌崔巍，非常壮丽。但枭司瞧了，就记起他自己的屋子来。在保夷司岿然峙着，也正和这不相上下。他瞧了会儿，不觉已到小巷尽处。一瞧四面，并没什么支路，只得退将回来，想摸到了大道，径往小客寓去。只他预想中哪里想到平白地却要遇一件意外的事，点缀他一生的历史呢。

原来他退回去不到一百码光景，便见前面来了红红的火光，还有一阵谈笑脚步之声，震得小巷中都有了回响。只一瞧，就知道是一队巡夜的兵士，手中各自擎着火把，照得个一巷皆红。但枭司急忙倒退了几步，料想那些人都是酒鬼，酗醉了酒，不讲道理的，落在他们手中，就有许多不便，还是躲在什么地方，逃过他们的眼儿。打定主意，往后便退。这一退也是他合该有事，脚儿斗的踏着一块石子，身儿一侧，直向墙上撞去，震得腰下挂着的一柄佩刀，也郎郎当当地响了起来。那些兵士们一听得这刀声，就有两三个人嚷将起来。有的是英国口气，有的是法国口气，都直着嗓子，问是哪一个。但枭司给他们个不理会，一旋身仍向那小巷尽处奔去。到了平台上回头瞧时，却见他们也飞步追来，口口声声地嚷着，一壁又把那火把向着两面乱照。但枭司到此急得什么似的，急忙冲到那大厦门前的廊檐下边，拔了佩刀，倚在门上等着。

说也奇怪，这一倚他竟翻身跌了进去。站起来瞧那门时，早又好好儿的关上。当下他在暗中伏了会儿，隐约听得门外兵士们咒骂呐喊的声音。不一会，却已渐渐远去，渐渐不闻，于是吐了口气儿，想开门出去。谁知这门儿的内部，光光的连柄儿都一个没有，空伸着一双手，没得着处。末后把指甲沿着门罅，用力扳着。更使着他搏狮的全力，一阵子撞去，只也好似一垛峭壁，休想动它分毫。但枭司没法儿想，皱皱眉儿，心想：这门儿到底是个什么路数？刚才为什么虚掩着？一关上了，怎又开不开？倒似乎故意设着机关，借此坑人似的。然而像这么一所堂皇显焕的大厦，又不是贼巢盗窟，何必要设什么机关？但枭司越想越觉诧异，总想不出他是个什么意思。总之，已像困兽入笼，没了出路。四下里又黑黑的，张眼不见一物。侧耳听时，外面寂然无声。只听得近边隐约有微喟之声，仿佛是中宵怨女，恻恻怀人的一般。但枭司听了，好不诧怪。更向里边瞧时，见有一丝灯光，在那里晃漾，似乎从什么门帘下边射将出来的。但枭司瞧着，觉得此中伏着危机，禁不住栗栗畏惧起来。转念想：困守在这里，也不是事。索性放胆前去，瞧他一瞧，也见得我但枭司可不是个没骨汉呢。

想着，展开了两臂，慢慢儿地摸索而来。末了，猛觉得脚尖上咯的一响，分明是触在木板上似的。向下瞧时，才知道是一乘踏步，便踅上去，揭开了那门帘，闯然而入。更抬眼望时，见是一间光石的大起居室，三面都有门儿，一面开着一扇，都一样的遮着门帘。第四面上，却开着两扇大窗，和一个挺大的火炉架。架上雕着玛莱脱劳家的军器，但枭司一见就辨别出来。室中灯火通明，四个壁角，都在这明光之中。但是室中的器物，却很稀少。单有一只笨大的桌子和一二把椅儿。火炉中也并不生火，冷眼向人。地上杂乱地散着许多零星东西，分明已好几天没有收拾过。那火炉架旁边一把高椅上，有个老绅士颤巍巍地坐着，脖子四周围着一个皮颈圈。手儿腿儿都交叉着，满现出那种倨骄的态度。他肘边靠墙的腕木上，放着一杯香酒，那个脸儿，一些儿没有慈善之相。凶恶气团结眉宇，瞧去像是一头野猪，甚是怕人。上边的嘴唇，高高鼓起着，似乎吃了人家耳刮子，又似乎害着牙齿痛，所以肿成这个样儿。那笑容唎，眉峰唎，和那又小又锐的鼠眼唎，处处现着恶相。满头白发，十分美秀，仿佛是神圣的头发。一部须髯，也当得上美秀两字。那双手又嫩又白，委实和他年纪不称。这玛莱脱劳家家人的手儿，原是向来有名的。瞧那指儿，甚是纤削。指甲也很有样，宛然是那意大利大画家利那度氏美人画中的美人手儿。谁会想到这样一个素手掺掺的人，却又生着个凶神的面孔。瞧他这时正像上帝般高坐着，白眼看人。一种忍刻奸诈的容色，堆满了一脸。这人是谁？正是玛莱脱劳家主人唤作挨莱特玛莱脱劳的便是。但枭司先在门口立了一立，一声儿不响地和那老头儿相觑着。一会，那老头儿便启口道："请到里边来，我已望了你一黄昏咧。"说时，并不起身，只皮笑肉不笑地笑了一笑，又把头儿微微一侧，算是和他行礼的意思。但臬司听了那种声音，瞧了那种笑容，觉得骨髓中森森起了冷意，几乎要抖颤起来，一时间话儿也不知从何处说起。挣扎了半晌，才放声答道："我怕你老人家认错了人咧。听你老人家的话儿，分明在那里盼望什么人，只是在下以前并不和你相识，今夜还是初会呢。"那老头儿率然道："别管他，别管他，如今既然来了，还有什么话说。我友请坐，别如此不安。停会儿我们就能勾当那件小事咧。"但臬司知道此中定有误会，便又分辩道："今夜的事，都是你那扇门……"那老头扬了扬眉，搀言道："嘎，你说我那扇门么？这不过是一些小慧，算不得什么奇事。"说时，耸了耸肩，接着又道："瞧你的样儿，似乎不喜欢和我做朋友。只我们老年人却很喜欢结交，不嫌朋友多的。今夜你虽是个不速之客，老夫也一例欢迎呢。"但臬司道："先生，你别弄错了。在下和你老人家丝毫没有什么瓜葛，况且也不是这里近乡的人。在下名儿唤作但臬司，姓特蒲留。至于好端端怎么闯入尊府，实为了……"那老头儿又截住他道："我的小友，别再絮叨了。老夫自有用意，你只悄悄地瞧着吧。"但枭司暗暗叫着苦，想不知道多早晚的晦气，今夜无端遇了这疯子。只是身入樊笼，也无可奈何。便耸着肩，自在一把椅儿上坐下，瞧那老头儿使出什么鬼蜮手段来。停了会儿，不见动静，只隐隐听得对面的门帘中，有一种低微的声音，似乎在那里祈祷。有时仿佛一个人在看，有时又仿佛来了一人，到那时便隐约听得两种声音，一种似是劝慰，一种似是恼怒。只为声细如蝇，辨不出什么话儿。那老头儿依旧一动不动地坐在椅上，微笑着抬了两个鼠眼，骨碌碌地瞧但枭司，直从头上瞧到脚尖，又不时做出一种鸟鸣鼠叫似的声音，表示他心中的满意，使但枭司益发刺促不宁。那老头儿瞧了这情景，又暗暗匿笑，笑得脸儿都通红了。少停，但枭司便直竖地竖将起来，戴上帽儿，愤然道："先生，你倘是心志清明的，就该知道你对于我太没礼貌，不像是个上流的君子。你倘已失了心志，我自问脑儿自有用处，也不愿意和疯子说话。委实说，你别当我是个孩子，尽由人玩之掌上的。如今我决不再留在这里，你倘不好好儿放我出去时，便把刀儿扑碎你那扇牢门。"那老头儿伸了只右手，摇着向

意外鸳鸯 71

但臬司道："我的侄儿，请坐着。"但臬司把指儿当着那老头儿的脸弹了一下，大呼道："我还是你的侄儿，好个老头儿，你简直在那里满地撒谎咧！"那老头儿听了这话，忽地放出一种凶暴的声音，狗吠似的嚷起来道："恶徒，快坐下。你想老夫好容易在门上做了个机关，收拾你进来，就肯轻轻放你去么？你要是喜欢缚头缚脚，缚得全身骨节都痛的，不妨起身出去。要是你愿意像小鹿般往来自由的，便该静坐着，和一个老先生好好儿闲谈，那就上帝也在上边呵护你呢。"但臬司问道："如此你可是把我当作个囚犯么？"那老头儿答道："停会儿你自己瞧着吧。"但臬司没奈何，只得坐了。外面竭力装着镇静，其实怒火中烧，已达到了沸度。想起前途危险，又禁不住战栗起来。一时间思潮叠起，搅得心中历乱。

正在这时，猛见前面门上的门帘，忽地向上一揭，踅进一个长袍披身的牧师来。张着两个鹰眼，向但臬司瞧了好久，才挨近那玛莱脱劳，低声说了几句。玛莱脱劳扬声问道："那妮子可安静些了么？"牧师答道："主公，她已安静得多咧。"那老头儿又说了几句似嘲似讽的话儿，才向但臬司道："麦歇特蒲留，老夫介绍你去见舍侄女好吗？她已等了你好久，比老夫更觉性急呢！”但臬司急着要知道这事的结果，便坦然起身，鞠了一躬。那老头儿便也起身回礼，扶着牧师的臂儿，一跷一拐地向那礼拜堂门儿趓去。到了门前，牧师急忙揭开了门帘，三人就一同入内。但臬司举目瞧时，见那建筑十分壮丽，四边有许多小窗，有星形的，有三叶草形的，有轮形的。窗上并不全嵌玻璃，所以堂中空气，也很流通。神坛上点着四五十支蜡烛，被风吹着，光儿摇晃个不定。神坛前边的阶级上，有一个妙龄女郎，跽在那里，一身新嫁娘的礼服，焕然照眼。但臬司瞧了，身子蓦地里冷了半截，不知道怎么心中有些儿恐慌起来。那老头儿又发出一种抆笛也似的声音，向那女郎道：“白朗希，我的小女郎，我特地带了个朋友来瞧你。你快起来，把玉手儿给他，敬礼上帝，果是好事。只这人世间的俗礼，可也少不了。”那女郎听了这话，便颤巍巍地起了身，旋过柳腰，向着他们微步而来。瞧她那个娇怯香躯，满带着羞惭疲乏的样儿。一路来时，把螓首垂得低低的。但见羞红半面，绝可人怜。两道秋波，也注在地上，兀是不抬起来。只那但臬司的脚儿，却已被她瞧见。脚上一双光致致的黄皮靴子，十分动目。原来但枭司平素很喜欢修饰，虽在旅行时也装扮得楚楚动人。那时那女郎一见了这黄皮靴子，很吃惊似的，忽地立定了，抬起那似嗔似怨的秋波来瞧但枭司，两下里的眼光，可巧碰了个正着。霎时间，那女郎花腮上的羞红退了，换上一派凄惶惊恐之色，连那红喷喷的一点朱唇，也欸的变了白，猛可里惨呼一声，把柔荑掩着脸儿，扑的倒在地上，一壁又悲声呼道："伯父，不是这人！不是这人！"那老头儿又像鸟鸣般欢然说道："自然不是这人，所以我才领他到来。哼哼，你真不幸，怎么把他的名儿忘了。"那女郎又呼道："以前我委实并没见过他一面。这人是谁？并不知道，我也不愿意和他认识。"接着，又转身向但枭司道："先生，你倘然是个君子人，就该可怜见我一个弱女子，凭着天良，仗义相救。以前我们俩不是并没相见过么？"但枭司点头答道："正是，以前在下当真没有见过姑娘的芳容，今夜冒昧得很。"一壁又向那玛莱脱劳道："先生，今夜在下才是第一回拜见令侄女，愿你别误会了。"那玛莱脱劳耸了耸肩答道："以前没有见过，也不打紧。此刻订起交来，正来得及。就是老夫和先室结婚以前，彼此也是泛泛之交呢。"说到这里，挤眉做眼的，扮了个鬼脸。接着又道："要知道这种临时发生的婚姻，实是夫妇间毕生的幸福。百年偕老，白首无间，那是一定的。此时新郎倘要和新娘一通款曲，老夫就给他两点钟的时限。两点钟后，便须成礼咧。"说完，向着外边扬长走去。那牧师也跟在他后面。这当儿那女郎欻的立将起来，高声说道："伯父，你别这样武断。做侄女的敢在上帝跟前立誓，倘是苦苦相逼，定要我嫁这少年，我也没得话说，唯有乞灵白刃，一死自了。伯父要知道这种婚姻，不但上帝不许，怕也辱没你一头的白发呀！伯父，愿你可怜见我，世上无论哪一个妇人，断不愿意这种强迫的婚姻。与其生着不能自由，宁可死了干净。"说着，把纤指儿指着但臬司，现出一种又怒又轻蔑的样子，又嗫嚅道："伯父怎么如此固执，坚意把这厮当作那个人。"那老头儿在门口上站住了，冷然道："正是。我原是固执的。白朗希特玛莱脱劳，我索性和你说个明白，可听清楚了。你既是我的侄女，自然也是我玛莱脱劳家的支派。如今你却胡为妄作，不顾廉耻，想把我玛莱脱劳冰清玉洁的名儿，捺在泥淖里，累你六十高年的老伯父，同被耻辱。

试问你还有什么面目对我？就是你父亲生着，怕也要唾你的脸儿，攀你出去。他是个铁手腕的人，谅你总知道呢。姑娘，此刻你还该感谢上帝，遇了我这么一个天鹅绒手腕的老伯父，仍是一味容忍，并不怎样为难你，且还物色了个可意的少年郎君来，给你做夫婿，不道你不但不知感激，反而抱怨我。然而你抱怨可也没用，我的事儿已将成功咧。白朗希特玛莱脱劳，到此我也没有什么旁的话，单有一句话儿，当着上帝和天上神圣向你说，即使你反抗我地旨意，拒绝这少年，我也决不听你嫁那贱夫。你倘知理的，就该好好儿待我这小友，你可记取了？"说完，就趄了出去。那牧师也接踵而出，门帘一动，早又垂下来。那女郎很失望地瞧他们两人去后，便回过星眸来，怔怔地瞧着但枭司，开口问道："先生，这些事到底是个什么意思？"但枭司恨恨地答道："谁明白来。怕唯有上帝明白呢！不知道今夜多早晚的晦气，踏进了这疯人院，满屋子里似乎都是些疯人。这些事，我哪里知道，我也哪里明白。"女郎问道："只你怎么进来的呢？"但枭司不敢怠慢，即忙把刚才的事约略和她说了，接着又道："如今你也该把你的事儿见告，别兀是使人猜什么哑谜儿似的，摸不着头脑呢。"那女郎含颦不语了一会，香樱颤动着。两个没泪的星眸中，作作的放着红光。少停，才把两手按在额上，凄然说道："唉，我的头儿痛得什么似的。那颗可怜的心儿，更不必说了。此刻我也不用隐讳，索性开诚和你说个明白。我名儿唤作白朗希特玛莱脱劳，从小儿便没了老子娘。他们的脸儿，也已记不起来。总之，我的生活，实是弱女子中最不幸、最可怜的生活。三个月前，我每天在礼拜堂中，总有个少年军官，立在近边，似乎很有情于我。我自己虽明知不该牵惹情丝，只想有人爱我，心中也很快乐。一天他私下授给我一封信，我就带回来读了一遍。读后，心上温馨，益发充满了乐意。以后玉珰函札，便源源而来。唉，可怜的人，他竟为了我这样颠倒，急着要向我一倾积愫。那信中唤我一夜悄悄地把门儿开了，在扶梯上和他会面，即使不能长谈，一见也是好的。他原知道我伯父向来信托我，料想不至生疑的。"她说到这里，做出一种似哭似叹的声音，不言语了好一会，才又喟然说道："我伯父本是个忍心的人，性儿又非常巧猾。壮年从军时，曾有好几回出奇制胜，在朝中也算是个数一数

意外鸳鸯

二的大人物，往时意萨卜王后很信任他的。至于他如何疑起来，我自己也没有知道。今天早上，我和那人行了弥撒礼出来，他把着我手儿，一路读着我那小本的《圣经》，彼此并肩同行，十分浃洽。他读罢之后，就恭恭敬敬地把那书儿还我，又要求我夜中仍开着门儿，和他密会。谁知道这一个密约，竟完全失败。我回到了家中，伯父就把我当作囚人般关在房里，直到晚上才放我出来，逼我穿这捞什子的吉服。你想一个女孩儿家，可能搁得起他这般嘲弄么？至于那门上的机关，一定是他设着陷害那人的，不想你却做了替身，陷了进来。他又将错就错，定要逼我和你结婚。唉，我想上帝是仁慈的，决不忍使一个弱女子当着个少年人跟前，受这种侮辱呢。如今我什么都告诉你了，知我罪我由你吧。"但枭司很恭敬地弯了弯腰儿，说道："马丹①，多谢你不弃下贱，垂告一切。在下自问还有些血气，断不辜负你一片盛意。此刻那麦歇特玛莱脱劳可在这里么？"那女郎答道："多分在外面厅事中写什么呢。"但枭司又满现着恭敬之状，把手

---

　　① 意为"女士"或"夫人"。

儿递给女郎道："马丹，我同你一块儿去瞧他如何？"于是两下里携手同出，到那厅事中。白朗希羞答答的，低垂着粉脖子，抬不起来。但枭司却昂头挺胸，大踏步走去。瞧他分明以侠客自居，定要救这婴婴宛宛的弱女子，不成不休似的。那时玛莱脱劳见了他们，就直挺挺地站了起来。但枭司庄容说道："先生，我对于这头婚事上，有几句话儿要说，请你老人家垂听。委实说，我虽不肖，也万不肯强逼令侄女倾心向我。要是我们彼此相爱，双方出于自愿，我见了这种花好玉洁的美人儿，自然求之不得，怎肯拒绝！只目前既成了这么一个局面，我为自己名誉分上，良心分上，又不得不拒绝，还请麦歇见谅则个。"白朗希听了这番话，把媚眼儿眯着但枭司，很感激似的。那老头儿却自管微微地笑，直笑得但枭司寒毛都竖了起来。一会，那老头儿便启口说道："麦歇特蒲留，你大概还没有明白我的意旨，请你跟我到这窗前来。"说时，趄到一扇开着的大窗前边，指着外面，向但枭司道："麦歇，你不见窗外不是有个石架么！顶上有个铁圈儿，穿着一根粗粗的绳子。你倘敢不依和我侄女儿结婚时，就在日出以前，把你吊出窗外去，那时可莫怪老夫无情。老夫也叫出于万不得已，要知老夫初心原不要你死，单要俺女儿振翮云霄，保全她的贞操。若要实行这保全之策，唯有逼你和她结婚。麦歇特蒲留，委实和你说，饶你本领插天，能跳出沙立曼大王的手儿，可也不容不和我俺女儿缔这同心之结。别说她出落得花儿也似的一朵，尽配得上你。即使变得像那门上刻着的石兽那么可怕，也不许你说个不字。要知道这件事不论是你，不论是她，不论是旁的人，不论是我个人方面的感情，都不能摇动我的心儿。我一切都不知道，但知保全我家几世的名誉。如今你既已知道了我们的秘密，只得借重你洗净我家的污点。你若不依，便沥你的血儿。何去何从，还请澄心三思吧。"

这一席话儿发后，大家都默然不声了一会。但臬司先开口说道："我以为处置这种儿女的事，除了强迫手段外，定还有个万全之策。我见你老人家也佩着刀儿，也曾仗着这刀儿做过一二荣誉的事，难道竟出此下策，强人所难么？"那玛莱脱劳给他个不理会，只向那牧师做了个手势。那牧师就悄悄地趄到第三扇门前，把个门帘掀了起来。但臬司举目瞧时，只见那里头是一条漆黑的甬道，夹道立着无数兵士模样的人，都执着明晃晃的长矛，如临大敌的一般。玛莱脱劳又道："麦歇特蒲留，老夫少年时，自问还能独力发付你，和你争一日的短长。只如今老了，不得不借重这些人。人老珠黄不值钱，大足使人慨叹呢。瞧你们两口子似乎很喜欢我这厅事，这也很好，老夫愿意奉让，不敢不依。此刻长夜未央，还有两个钟头，尽够你们情话。"说到这里，见但臬司满面现着怒容，便扬了扬手儿，悄然道："不要忙，你若是不愿意上那吊架的，这两点钟中尽能跳出窗外去，堕地而死，或是死在我守卒们的长矛上，也自不恶。只这两点钟的时间，甚是可贵。你的性命，都在这其间决定。你自己可打定了主意，我瞧侄女的容色，也似乎有什么话儿和你说。我们对待妇人，该当有礼，你须熨帖些她呢。"但臬司一声儿不言语，只斜着眼儿向白朗希瞧。见她星眸含泪，做出一种哀恳之状。那玛莱脱劳柔和了声音，又向但臬司道："麦歇特蒲留，我们两点钟后再见吧。要是这两点钟，你能降志相从，老夫便撤去守卒，给你们两口子切切私语咧。"但臬司没有什么话说，但向那女郎瞧，见她含颦无语，脉脉生怜，只那蓊水双波，分明在那里唤但臬司答应她伯父。但臬司便即忙答道："在下遵命就是，敢把名誉作保。"玛莱脱劳鞠了一躬，在四下里一跛一拐地踱了一会，一壁净着嗓子，不住做出那种鸟鸣似的声音，随手把桌子上几张文件收拾好了，然后趄到那甬道入口的所在，似乎向守卒们发什么命令。末后才向但臬司先时入室的那扇门儿踱去。到了门口，欻的旋过身来，微笑着，又向他们两口子弯了弯腰儿，慢慢儿地踱将出去。那牧师也就掌着一盏手灯，跟着出去。

两人去后，白朗希忽地伸了她那双羊脂白玉似的纤手，掠燕般赶到但臬司跟前，花腮晕红，活像是一枚玫瑰。只是眼波溶溶的，含着泪光，又像玫瑰着露的一般。当下她悲声说道："你可不能为了我死。最后的一法，唯有娶我。"但臬司毅然答道："马丹，听你的话儿，分明当我是个偷生怕死的懦夫，这未免认错了人咧。"白朗希急道："我并不说你是个懦夫，只想你一个堂堂男子，前途正无限量，怎能为了我一些儿小事，牺牲你的一生。"但臬司道："马丹，你不必替我着想。我一时被义愤所激，什么都搁在脑后。你要是怜惜了我，又怎么对得起你那个心上人儿呢。"说时，把眼儿着在地上，不敢向白朗希瞧。料她听了这话，一定心乱如麻。要是再向她一瞧，那就使她益发难以为情咧。那时白朗希脉脉不语了一会，忽地扭转柳腰，走了开去，扑的伏在她伯父椅儿上，又抽抽咽咽地哭将起来。但臬司一听得那美人儿的哭声，便没了摆布。恰见近边有一只矮凳，便也坐了下来。弄着他佩剑的柄儿，兀然不动，自愿立刻死去，葬在什么垃圾堆里，免得处这为难之境，弄得左不是右不是的。把眼儿向四下里望时，也不见什么特别的东西，足以惹他注意的。但见灯光晃动，带着不欢之色，夜气入窗，冷砭骨髓。外面又是黑黑的，没一丝光儿。但臬司私想，入世二十年，从没见过这样一个闳深寥廓的礼拜堂，也从没见过这样一个阴森凄苦的坟墓。那白朗希一声声悲酸的哭声，又不时送进耳来，似乎数着时刻，送去这最后的两点钟。他无聊之极，只看着那壁间盾牌上的纹形，直看得眼花了才罢。接着又向那黑影沉沉的壁角里瞧去，直瞧得那边幻做了无数的怪兽，方始把眼儿移将开去。他一壁这样瞧，一壁慌着，想这两点钟的限时，转眼便须过去，那死神已在那里进行咧。一会，但臬司已把满室里所有的东西，都瞧了个遍，再也没有什么瞧了，只得把眼光注在白朗希身上，见她低鬟弹黛地坐在那里，把玉手儿掩着素面，不住地婉转哀啼，哭得那娇躯也瑟瑟地颤动起来。然而啼后残妆，却益发娇媚动目。玉肤上不施脂粉，自然柔美。鬟发如云，更觉不同寻常。那双纤手，自然比他伯父加上几倍白嫩。任把春绵柔荑那种字面去形容她，都觉不称。又记得她刚才两道似怨似嗔似哀似媚的眼波，看在自己面上时，也足使人销尽柔魂，连身子都软化了。但枭司悄悄地瞧着，私想自有眼儿以来，从没见过世上有这么一个美人。他越是瞧，觉得那死神来得越快，一面又自恨刚才不该说那种撩她悲怀的话儿，使她这样哭个不住。当下里不知不觉地起了个怜惜之心，这怜惜心一起，顿把不怕死的心冷了许多。想世界上有这样一个花娇玉艳的美人儿在着，教人怎能抛开世界去呢。正这么想，却猛听得那恼人的鸡声，从窗下深谷中闹了起来，直送进他们的耳膜。万籁俱寂中，起了这鸡声，外面黑暗中，也来了一丝光，顿把他们两人的思绪打断了。

那白朗希便仰起蛾首来，瞧了但枭司一眼道："唉，我可是没有什么法儿救你么？"但枭司神志不属似的说道："马丹，我倘曾有什么话儿使你伤心的，要知我都为的是你，并不为我自己。"白朗希含泪向但枭司瞧着，流露出一派感激之色。但枭司又道："如今你的处境委实非常凶险，这种世界，真不是你的乐土。就你那个顽固的伯父，也是我们人类中的耻辱。马丹，愿你信我，我很愿意为了你死。法兰西少年人千万，可没一个像我这样死得有幸呢。"白朗希答道："我原知道你是个侠义勇敢的好男子，心中着实钦佩。只我此刻所要知道的，却是个报恩问题。无论现在，无论将来，我总得报你的大恩。"但枭司微笑道："你只许我坐在你身边，算是你的朋友，更使我心儿里无痛无苦，安乐而死。死了之后，更替我诚心祈祷，就尽够报答我咧。"这当儿白朗希翠眉双颦，似乎蕴着满怀的愁思，掩掩抑抑地说道："你这样侠气干云，自足使人起敬。但见你白白的为了我死，总觉有些心痛。此刻你不妨走近过来，倘有什么话，尽向我说，我没有不听的。"到此忽又悲声说道："唉，麦歇特蒲留，麦歇特蒲留，教我怎能正眼瞧你的脸儿。"接着便又哭了起来。但枭司把着白朗希那双纤手，说道："马丹，我在世的时候，已很有限，瞧了你这样悲痛，中心如何受得。请你可怜见我，别尽着哭了。要知如今你这凄楚情景，印在我眼儿里，死后孤魂，怕也觉得难堪呢！"白朗希道："我真是个自私自利的人，只顾了自己，不顾旁的人。麦歇特蒲留，我瞧你份上，从此鼓起勇气，抵死不哭咧。你倘有什么事，须我效劳的，我万万不敢规避，尽力做去。可是一身受恩既深，任是怎样重担子，压在肩上，也觉很轻。况且我除了哭外，自也应当作些儿事呢。"但枭司道："我母亲已经再嫁，家中人口不多。我死后，那一分薄产，就归阿弟伊却德承袭，谅他一定得意的。至于这一个死字，我并不怕惧。可是性命去时，不过像轻烟过眼，没有什么大不了事。只在生气未尽的当儿，才觉顶天立地，不可一世，自以为是个惊天动地的大人物。一阵阵鼓角声中，跃马过街。人家女郎，都从红楼中探出头来，流波瞧他。一时名人杰士，纷纷和他订交。有写信来道候的，有踵门求见的。那时他高视阔步，自是大丈夫得意之秋。然而他撒手归天之后，饶是勇比赫苟儿[①]，智如苏罗门，人家也

①　现译"大力英雄"或"赫拉克勒斯"，他是宙斯与阿尔克墨涅之子。

付之淡忘，哪一个还记得他。十年前我父亲和他手下一班健儿，在一场血战中，烈烈轰轰地为国而死，到如今人家不但记不得他们，连这场血战的名儿，也差不多忘了。马丹，要知我们一进了坟墓，就有一扇挺大的门儿，啪的关上，顿时和人世隔绝。目下我朋友原也不多，死后就一个都没有咧。"白朗希急道："麦歇特蒲留，你怎么忘了白朗希特玛莱脱劳？"但臬司道："马丹，你的兰心玉性，原很柔媚，只我不过替你薄效微劳，你倒像感恩知己似的，委实使人当不起呢。"白朗希道："你别当我是个只顾私利的人。我说这话儿，实为生平遇人不少，从没见过你这么一个英雄肝胆、侠士心肠的人，心中佩服得什么似的。我以为不论是怎样一个平庸的人，倘能有了你这副肝胆，这副心肠，也就是祥麟威凤，不可多得的了。"但臬司道："然而祥麟威凤，却死在这鼠笼里，沉沉寂寂的，死得毫无声息。"白朗希花腮上边现出一种悲痛之状，闭着樱唇，不言语了一会。霎时间星眸霍地一亮，嫣然笑道："你别说这短气的话。大凡天下见义勇为的英雄，死了诞登天堂。那上帝天使，和诸天的大神，都来和他握手相见，前途正很不寂寞呢。且慢，你瞧我可很美丽么？"说时粉靥倏地一红，连那眉梢鬓角，也都晕做了玫瑰之色。但枭司悄然答道："我瞧你不但是人间凡艳，简直是天上安琪儿呢。"白朗希欣然道："多谢你称许我，心中甚是快乐。只我们女子所宝贵的，不但是面貌，还有那爱情，觉得这爱情直是个无价之宝，不能轻易送人。然而要报答人家的大恩，除了这个，也再没什么更可贵的东西。"但枭司道："你一片好意，使人生感。只我但求你可怜见我，已很满足，万不敢妄想你芳心中可贵的爱情。"白朗希低垂着粉脖子，低声说道："麦歇特蒲留，请你听我说下去。我料想你一定小觑我，我只也不敢抱怨你。可是我自问下贱，万万不值君子一顾。但为你今天便须为我而死，可不得不趁这当儿，掬心相示。要知我也很愿意嫁你，因为你是个勇敢义侠的好男子。委实说，我不但是慕你、敬你，且还沥我灵魂中的诚意爱你，刚才承你助着我反抗伯父，声色俱厉的，写出你满腔侠气，已足使人感激涕零。况且你又可怜见我，并不小觑我，也怀着大君子一片恻隐之心。"但枭司含笑着，叹了口气道："你快到这窗前来瞧，天明咧。"

这当儿，半天上果已透出一片鱼肚白色，一时云净空明，朝暾盈盈欲放。下边山谷中，还幂着灰色的影儿。那林中草原和河边曲岸，也白濛濛的笼着些儿雾气。此时四下里都寂寂的，没有什么声息。但听得那农家的鸡，却又一声两声闹将起来，似乎高唱乐歌，欢迎这朝日一般。窗下树梢，被晓风刮着，一行在那里动荡，一行瑟瑟地响个不住。那白色的曙光，从东方徐徐出来，渐泛渐红，渐放渐大。霎时间变做了个火球，照得大地都有了生气。但桌司瞧了，微微颤着，手中正把着白朗希那只纤手，到此不觉把得紧了一些。白朗希颤声问道："天已明了么？伯父来时，我们该怎样回答他？"但桌司握住了那五个玉葱尖儿，说道："由你怎样回答他好了。"白朗希垂着头儿，低鬟不语。但桌司放着一种急切恳挚的声音，又道："白朗希，我怕死不怕死，大概已在你洞鉴之中。要知我倘不得你檀口中一声金诺，断不敢把这指尖儿触一触你的玉肤，宁可投身窗外，拼了一死。但你若是可怜见我的，想必不忍袖手旁观，瞧我冤死那缢架上边。唉，白朗希，我委实爱你，那全世界的人都不及我爱你这么情切。我为了你死，原是二百四十个愿意。倘能生着，也须臣事红颜，一辈子不变初心呢。"

说罢，那晓钟已锵锵响了起来。那外边的甬道中，也起了一阵刀剑铿锵之声，知道两点钟的时限已满，守卒们早又回来咧。白朗希听了，那娇躯忽地向前一侧，偎向但臬司。那香馥馥的樱唇，情脉脉的眼波，全个儿向着他，曼声问道："你可听得么？"但臬司道："我不听得什么。"白朗希又就着他耳朵，婉婉地说道："那少年军官的名儿唤作茀老立莽特枭达佛。"但臬司又道："我没有听得。"接着，忽地把白朗希一搦柳腰，抱在臂间，在她那个海棠着雨似的娇面上，一连接了无数甜甜蜜蜜的吻。一会儿，后边倏地起一种鸟鸣似的声音，紧接上一声欢笑。原来是这玛莱脱劳家的主人麦歇挨莱特玛莱脱劳，来向他侄婿道晨安咧。

　　　　（选自《欧美名家短篇小说丛刻》，中华书局 1917 年版）

传言玉女

〔美〕彭南[①]原著

　　按：彭南氏（H.C.Bunner）生于一千八百五十五年，卒于一千八百九十六年，尝主纂美国著名之滑稽周刊《泼克》（*Puok*）有声于时。所著说部有《亚甘迭与罗温之歌调》《八人舞蹈之第三节》，富

---

　　① 　今译为庞纳。

有大文家华盛顿·欧文氏作风，不仅以幽默称也。

那缝衣女郎一层又一层地爬上那座大砖屋，入到顶上一层伊的卧房中时，委实是乏极了。你要是不明白怎么叫作顶上一层，该记取人类的贪欲，是没有限制的，而对于这种分间出租的屋子，更是不厌其高，于是这一座七层高的屋子的主人，见他屋中还能租出一层，就要求我们地方上主持营造律法的官员，许他在屋顶上再添造出一层来，好似轮船甲板上的舱房一般。这顶上的一层又分作四部分，那缝衣女郎便住着东南角的一部分，你在街上能望见伊窗子的顶，屋前原有的大檐板，如今恰好给伊做窗槛之用，而这顶楼的下半部，却一齐遮去了。

那缝衣女郎的年纪，还不到三十多岁，而伊那小小的身子所有容貌态度，却全是旧式。我对于伊的称呼，也几乎要学着我们祖母的旧法，将 Seamstress（按：此为“缝衣女”之新式拼法）拼作 Sempstress（按：此为“缝衣女”之旧式拼法）了。伊有一个美秀的身体，如今要不是瘦削惨白，眼中含着忧急之色，那么还觉得我见犹怜咧。

今夜伊真乏极了，因为伊替那住在哈勒河外新区域的一位太太，做了整天的工作，远迢迢地赶回家来，又爬上那七层楼的扶梯。伊身心都觉太乏，再也不能煮那带回来的两块排骨了，想省下来，留在明天作早餐吃，因此便在小火炉上，做了一杯茶，吃了一片干面包，也懒得将面包烘了。

餐后便取水浇灌伊的花，这一回事，伊是从不觉得困倦的。而那檐板上向着南面阳光的六盆风吕草，也开得花朵儿嫣红姹紫的报答伊。接着伊在那靠窗的摇椅中坐了下来，向窗外望着，伊的眼睛，高出一切屋宇之上，并能望过对面的几个低屋顶，而望见汤金斯广场最远的尽头处，在暮霭迷濛中，隐隐见那稀疏而新绿的春草。永远不断的市声，很嘈杂的浮动上来，使伊很为焦恼，伊本是个乡村中的女郎，在纽约虽已住了十年，却还听不惯这营营不绝的声响。今夜伊觉得新节气的懒怠和工作后的疲倦，一时交作，简直连上床睡觉也嫌乏力了。

伊想到这辛苦的一天已过去，在伊那张坚硬的小床上度过一夜之后，那么辛苦的一天又开始了；伊想到当初在乡间所过安静的日子，在伊故乡马萨诸塞州的一个村落中，充学校教师；伊想到种种琐屑的事情，处处忍受着富人们的轻视；伊想到那碧绿可爱的田野，近来已难得瞧见了；伊又想到明天工作前后一去一来的长路，不知伊那雇主可肯偿还伊的车费么。接着定了定神，心想伊应当想些快意的事情，不然，今夜再也睡不熟了，然而那唯一快意的事情，只有伊的花朵，因此又抬眼望着那檐板上的花园。

一种奇怪的摩擦声，使伊向下望去，却见有一个圆锥形的东西，在暮色昏黄中闪闪地亮着，歪歪斜斜地向着伊的花盆接近过来，仔细看时，见是一个锡镴的酒瓶。有人在隔邻的房间中，将一根二英尺长的界尺推送过来，酒瓶上有一张纸，纸上写着很散漫而潦草的几个字道：

"麦酒

请恕我放肆

饮之"

那缝衣女郎大惊而起，将窗子关上了。伊记得贴邻的房间中有一个男子住着，每礼拜日，曾在楼梯上瞧见过他，他似乎是个庄严而端方的人，但是——他今夜定是醉了。伊在床上坐下，周身都抖颤起来，当下伊又向自己多方理喻，此人一定是醉了，以后也许不再打扰伊，倘再来打扰时，那只得退避到后面马佛南夫人房间中去。马佛南在一家煮器店中工作，是个很可尊敬的人，她定能保护伊的。伊是一个可怜的女子，先前早有这么二三回的"请恕放肆"，而被伊拒绝的，此时伊便决意好好地守着缝衣女的本分，上床睡去。果然收效了，到得伊的灯火一灭，便在月光中瞧见那二英尺长的界尺重又出现，拗曲了一节钩住瓶柄，将那酒瓶拖了回去。

第二天确是那缝衣女郎最辛苦的一天，并不想起昨夜的事情，直到昨天这时候，伊又坐在窗畔，于是微笑着记忆起来了。伊那慈悲的心中，悄然自语道："可怜的人，我料知他此刻定是羞愧极了。也许他先前从没有喝醉过酒，也许他不知道这里一个寂寞的女子会受惊的。"

正在这当儿伊又听得一种摩擦之声，向下望时，那锡镴的酒瓶早又现在她面前了，那二英尺长的界尺正在缓缓地收回去，酒瓶上系着一张纸儿，纸上写着道：

"麦酒

　　有益于健康

　　甚为适宜"

　　这一回那缝衣女郎含着怒，砰的将窗关上了。白白的颊上涌起怒红来，想立刻下楼去瞧那管屋子的人，接着却又记起那七层的楼梯，懒得奔走，便决意等到明天早上瞧他去。自管上床去睡，一壁又眼见那酒瓶拖回去了，像昨夜一样。

　　朝晨来了，那缝衣女郎却又不想去对那管屋子的人诉说一切了，伊生怕闹出事来——而那管屋子的人也许要以为——算了——算了。倘那恶徒再来相扰，那就亲自去责问他，决定如此办去。

　　于是第二天的晚上，这天是礼拜四，那缝衣女郎坐在窗畔，决意要解决这回事。伊坐在那老家中带来的一张小摇椅中，摇摆得格格有声，坐了不久，那酒瓶又出现了，瓶上仍系着一张纸，伊读道：

"君殆惧吾将与

君语

实则吾非此类人也"

那缝衣女郎真觉哭不得，笑不得，但伊以为这一次一定须向他责问了，因便靠在窗外，对着那夜色昏黄的天空说道："密司忒——密司忒——先生——我——你可能将你的头放到窗外来，我好和你说话。"

那邻室中却仍是寂静无声，缝衣女郎晕红着脸，退缩了回来。到得伊重振精神，继续进攻时，早见那两英尺长的界尺上，送过一张纸来：

"吾言必有信

既云不与君语者

则绝不犯之也"

那缝衣女郎又待怎么处呢？伊立在窗畔，苦苦地想着，伊可要去告诉那管屋子的人么？然而那厮又很知自重，他定是一番好意，他当然是好意，才将这一瓶瓶的麦酒耗费在伊身上。伊又记得上一次——也是第一次——曾喝过麦酒，那时是在家中，伊还是一个小女郎，在害过白喉症之后，伊记得那麦酒多么好，恢复了伊的体力。这当儿伊便不知不觉的，提起那麦酒瓶来，先喝了一小口——又喝了两小口。霎时间却想起自己是一败涂地了，伊涨红了脸，先前从没有涨得这样红的，疾忙放下了酒瓶，逃到床上去，像一头惊鹿逃到森林中去一般。

第二夜麦酒来时，附着一个很简单的请求道：

"请勿惧
尽饮之"

那缝衣女郎站起身来，紧紧地握住了那酒瓶的柄，将那酒都泼在伊一盆最大的风吕草的泥土上。伊把那酒点滴不剩的泼完了，便奔回去坐在床上哭了，双手掩住了伊的脸，自言自语道："如今你已干下了，你真是可恶而忍心，多疑而卑劣，好似——好似一头狐狸。"

伊想到了自己的忍心，兀自哭着，当下又想道："他再也不会给我一个道歉的机会。"真的，伊很想好好地向那可怜的人说话，对他说伊很感激于他，然而他不应该要求伊喝那麦酒啊！

礼拜六的晚上，伊坐在窗畔，又自语道："但是此刻甚么都完了。"说时，向檐板上一望，早见那忠实的锡镴小酒瓶又缓缓地向着伊行来，伊屈服了，像他这样基督教徒的恕道和耐心，很感动了伊仁厚的精神。伊读那纸上的字道：

"麦酒固有裨于花朵

而更有裨于人生"

伊提起酒瓶来，直凑到樱唇上，麦酒的色彩，还不如伊双颊一半儿的红，接着很恳切很感激地痛饮了一下，喝过了第一口后便悄悄地唛着，一会儿却诧异起来，原来已见了瓶底了。

伊旁边的桌子上，有几颗珠钮旋住在一片白纸上，伊拆下了纸儿把来铺平了，手儿颤颤地写上两个字——伊写得一手很挺秀的字：

"多谢。"

伊将这纸片放在酒瓶上，不一会，那二英尺长的界尺又曲着探将过来，把那邮信车儿拖回去了。于是伊静坐着，享受那麦酒发热的乐趣，这热气顿似流通了伊的全身，并不像空气中那种窒闷而不快的热气，而似乎是很滋润的春气。那时白铁的檐板上一阵摩擦之声，又惊动了伊，一张纸儿已现在伊眼前，上面说：

　　"万物滋生之好天气！
　　史密士"

像这样平淡无奇的话，本来没引动那缝衣女郎继续通问的可能，但是这一句简单而质直的语句却触动了伊的乡心，这万物滋生的好天气和那伏在这七层屋子里的劳力者，又有甚么相干？此人多分也像伊一样，是个生在乡间的人，正切盼着田中棕色沃土的翻动和新绿的滋生呢。伊便取起纸来，在他的语句下写了一字道：

"利。"

这似乎太简了，伊就加上了个"于"字，利于甚么呢？却并不知道，末后在窘急中写上了"种薯"二字，这纸儿缩去了，接着又送回来，加上了一句道：

"过湿不宜种薯。"

那缝衣女郎瞧了见那"湿"（moist）字还写了个别字，误作 mist（译意为雾），不由得低低地笑了起来。在这个时节，而此人能关心于种薯，像这样的人，是不用害怕的，当下伊找到了半张信纸写道：

"予于未来纽约时，卜居一小村中，顾亦不甚了了于农事。君殆务农者乎？"

那人作答道：

"曾在梅恩州略习农事。

史密士"

　　字句多不通，且有误字，那缝衣女郎读时，听得一只礼拜堂中的钟报了九下，伊便嚷着道："咦，已这样晏了么？"于是急急将铅笔写了"晚安"二字，抛将出去，把窗子关了。过了几分钟，却见檐板上又有一片纸儿。在晚风中拂动着，也只是"晚安"两字，一个"晚"字可又写别了，缝衣女郎略一迟疑，便拿进去，收藏好了。

　　从此以后，他们俩成了极好的朋友。每晚酒瓶出现了，那缝衣女郎在伊的窗前喝着，史密士先生也在他窗中喝着同样的酒。而在史密士早年的学问范围以内，很快的彼此通信，他们互将自己的历史相告，史密士足迹很广，职业也多变换，他曾经航海、种田，曾在梅恩州森林中伐木和打猎，如今在东河木厂中充工头，很为发达，一二年间，他就能积下一笔钱，回白克斯堡故乡去，而在造船业中做一个股东了。这些事情，全是在他别字连篇和可解不可解的通信中写出来的，内中有思想、有道德，而也含有哲理。

　　以下便是史密士先生通信的式样：

"吾曾旅行至一神秘之地。"

缝衣女郎答道：

"其地必甚有趣味！"

史密士却很简单地答道：

"并不。"

他又继续下去道：

"吾在香港，尝见一中国庖人
能制油煎饼一如
君母。"
"一教士出售糖酒
实为上帝信徒中之至卑劣者。"
"吾身长六尺一寸又四分之一

顾吾父为六尺四寸。"

某年冬间，那缝衣女郎曾在学堂中教书，向来是循循善诱的，如今可不能不将史密士先生的缀字法改良一下。一天晚上，伊接得了他的通信说：

"吾在梅恩州杀一熊，重六百磅。"

那熊（Bear）又误拼了 Bare，伊便答道：

"熊字之缀法非大抵作 Bear 者乎？"

然而伊以后不愿再纠正他，因为他的来信又说：

"熊之缀法无论如何
总为一下贱之兽畜耳。"

春季过去，夏季来了。这晚上的喝酒和晚上的通信，仍使那缝衣女郎在每天的尽头得些儿乐趣，喝了麦酒，夜夜使伊睡熟，身在热闹的城市中，却能得到极安静的休息，真有益于伊的身心了。伊想到了日后把晤之乐，那无论怎样疲乏，总得鼓起勇气来，烹煮伊的晚餐，从此那缝衣女郎粉颊之上，便和六月中的玫瑰一同开花了。

在这许多时期间，史密士先生仍守着他决不交谈的誓言，并未违反。那缝衣女郎有时故作低呼，逗引他答话，然而他仍是默默无语，连人影儿都瞧不见，唯有他烟斗中的烟雾和麦酒瓶磕在那檐板上的声响，表示那和伊通信的人，是个有生气、有形骸的史密士。他们俩从没在楼梯上遇见过，因为彼此出入的时间是不符合的，有一二次曾在街中擦身而过，但那史密士先生兀自望着前面，直越过伊头顶一尺以上。那缝衣女郎见他那六尺一寸又四分之一高的身材和棕色的须子，以为他是个很美观的男子，而旁的人却大半说他是丑陋的。

有一次伊曾和他说话。一个夏日的黄昏，伊走回家来，有一班街角的流氓截住了伊，要钱买啤酒喝，这是他们的习惯。伊正在吃惊，而史密士先生出现了——从哪儿来的，伊不知道——当下像撒糠般打散那班流氓，揪住了两人，很迟慢而有思虑轮流更迭地踢着，直踢得他们嚷起痛来。到得他放走二人以后，伊便转身向着他，很恳切地道谢，此时模样儿很美丽，双颊都晕红了。他两眼望过了伊的头顶，脸色涨得绯红，很觉得局促不安，当下见一个德国人在旁走过，便吆喝着，借此也自管走开去了。

夏季渐渐地过去，两人仍在窗中悄悄地通信，仗着那很有交情的檐板，遮去下面的一切世界。他们在屋顶上望出去，见那汤金斯广场上的碧草，因着日积月累而变成黯绿了。

礼拜日，史密士先生总得到郊外去旅行，回来时总得带一束雏菊花或黑眼苏珊花，入秋后便又带一束紫菀或秋金草，把来赠与那缝衣女郎。有时他很聪明的，索性买那整棵的花和草回来，还连带着新鲜的肥土，可以立刻供盆种之用。

他在一个酒瓶中，又送伊一具卷丝轴、一枝珊瑚和一条晒干的飞鱼，鱼翅如刀，两眼空洞，瞧去甚是可怕，起初将这飞鱼挂在墙上，伊往往不能入睡，后来才惯了。

九月中一个凉快的黄昏，他很引起了那缝衣女郎的惊异。原来他从檐板上送过这么一封信来：

> "尊重与敬慕之女士：

> 久仰光仪，原欲以私衷奉白，迄不可得。数月来猥承不弃鱼雁往返，以是因缘，敢申一言，吾心中情感，已为君所扇动。寸心所注，不仅友谊而止，盖已达于夫妇爱悦之境矣。女士，今兹不揣冒昧，敢以婚约相要结，如荷玉允，感且不朽。凡为人夫者，应尽之责所不敢避，赴汤蹈火，唯力是视。他日携君之手，同趋圣坛，以君之美淑，必能共跻于人世极乐之域也。君之贱仆与热爱者史密士再拜。"

那缝衣女郎对这信看了好久，也许伊诧异着史密士不知从哪一本上世纪的"尺牍便览"中，得这求婚书的格式；也许伊诧异着史密士第一次用心写信，竟得到这样的成绩；也许伊正在想着旁的甚么事情，因为伊眼中已有了泪痕，那樱桃小口上，也含着一丝微笑。

这样过了好多时候，史密士先生定已焦急不安了，当下他又有一封信，从那磨光的檐板上送将过来道：

"如不解书中所谓，然则

君能嫁吾乎？"

那缝衣女郎取了一张纸儿，写道：

"吾脱许子者，子能与吾一语乎？"

接着伊站起身来，递将过去，把身体靠在窗外，他们俩的脸，便接合在一起了。

（原载《紫罗兰》第 2 卷第 17 号，1927 年 9 月 10 日出版）

长相思

〔印度〕太谷儿氏 [①] 原著

太谷儿氏（R. Tagore）以一八六〇年生于印度之喀尔喀他。出身华胄，早岁饫受教育，年十七即去国求学于海外，学成返国，卓著声闻。一九一三年，得努培尔文学奖金，有印度第一诗哲之目。东

---

① 今译为泰戈尔。

西学者，尽知其名。尝作本加尔歌曲，村人争歌之，有家弦户诵之概。所著诗文与长短篇小说，流传尤广，他国竞相移译，名乃益著。氏以所得努培尔奖金与卖文之资，创立一学校于蒲尔柏附近，四方来学者甚盛，骎骎为印度文化之中心焉。某几游英吉利，英王赐以爵士位，印人叹为异数。亦尝一度游吾国，演讲于平津各地，吾友徐志摩君与之善，为作舌人[1]焉。

我上大奇陵去时，见天气多云多雾——这种天气，一个人既不愿出门去，而厮守在屋子里更觉得不快。我在旅馆中用罢了早餐，便穿上了厚厚的靴子和外衣，走将出去，作通常的散步。

细雨廉纤，时作时止，那雾气罩住了山，模样儿好像是一幅画图，美术家已画成了又待擦去的一般。我正很寂寞地沿着那喀尔喀他[2]的大道走去，猛听得近边起了一个妇人的低低的哭声——本来是不足以引人特别注

---

① 即翻译。
② 今译为加尔各答。

意的。委实说，在别的时候，我也决不会注意到此。但在这无边无际的雾中，在我听去，似是一个窒闷的世界中的哭声。

我到了这所在，见一个妇人坐在路旁的一块石上，一头蓬乱的头发，盘在伊的头上，被雾霭染成了褐色。而那哭泣之声，直从伊的心坎深处发出来，似乎因失望已久，如今在这云山寂寞的中间，便止不住地发泄出来了。

我用了印度北部的土白，问伊是谁，又为的怎么一回事。伊先还并不作答，只在雾中和泪痕中对我瞧着，我对伊说不必害怕。

伊微笑着用完美的印度斯坦话回答我道："我早就不怕甚么了，也没有廉耻存在。先生，然而有一个时期，我住在我自己的闺房中时，你是我的兄弟也须先得了许可，才可进房。但是如今我在这偌大的世界中，连一个掩蔽的窗帘都没有了。"

我问道："你可要我的帮助么？"

伊眼光很稳定地注在我的脸上，答道："我是巴特龙总督古拉迦德可汗的女儿。"

巴特龙在甚么地方，那总督是甚么人？既是家世华贵，他的女儿为甚么变做一个逃世的人，在这喀尔喀他的路隅哀哀号哭着——这些事情，我既意想不到，也不很相信。但我自己对自己说，不用过于挑剔这，故事说下去是很有趣味的。于是我很庄重地行了一个深深的额手礼，说："请恕我，太太，我猜不到你是谁。"

那妇人分明很快意的，指点我坐在近边的一块石上，挥了挥手道："请坐下来。"

我瞧了伊的态度，见伊确有一种自然的美和能力，指挥别人。而我也觉得这是意外的恩遇，承伊赐坐在伊的旁边那块又硬又湿又长着苔藓的石上。当我这天早上披了外衣走出旅馆时，再也料不到会在这喀尔喀他的路隅，傍着巴特龙可汗古拉迦德的女儿，坐在这一块泥石上的。

我问伊："太太，怎么使你弄到这般地步的？"

那郡主伸手抚着伊的额，说："我怎能说出是谁使我如此的——你可能和我说是谁使这座山隐没在那云幕后面的啊？"

我这时不想作哲理上的讨论，因便容纳下伊的话，说："是啊，郡主。这是实在的，谁能探测运命的神秘？我们不过是虫豸罢了。"

我原要和伊讨论这一点，但我不会说印度斯坦话，只索作罢。仗着我在下人那里拾得的一些儿北印度土白，断不能和这位巴特龙郡主在那大奇陵路旁畅谈运命与自由意志的问题。任是和别的人说话，也是不行的。

那郡主道："我生平这一段神妙的情史，到今天恰恰结束了。倘蒙允许，我便奉告一切。"

我忙着接口道："允许么——我真是万分乐意听的。"

凡是认识我的人都可以明自，我很尊重印度斯坦的话，加着郡主和我说时，好像晨风吹在黄金色的稻田上，幽婉可听。伊所说的很流利而自然，口若悬河，而我的答话，却是简短而支离。

以下便是伊的故事：

"在我父亲的血管中，流着台尔希王家之血。因此要给我找一个相当的丈夫，就很困难了。曾有人谈起将我许配勒克诺总督的话，但我父亲却迟疑不决。那时恰恰发生了印军叛乱攻袭英军的事。印度斯坦都被人血所染红，被炮火所熏黑了。"

我生平从没有听得过印度斯坦的话，从一个妇人的口中说出来有如此完美的。我心知这是王家的语言，自不配用之于近世做买卖的机械的时代。伊的声音中含有一种魔术，使我在这英国的山站的中心，恍见眼前涌现出白云石的蒙古皇宫的圆顶，装饰华丽的宝马，摇曳着长尾巨象的身上装着锦幰绣幕的座位，朝中官僚都戴着各种彩色的头巾，华美的腰带中系着弯形的宝刀、架上那高尖和绣金的鞋子、轻裾飘拂的罗袍和细棉布衣。凡此种种，都见得王朝举行大典时华贵的气象。

那郡主又继续伊的故事道："我们的炮台，是在鸠那河两岸，由一个婆罗门教徒甘歇赖尔驻守着——"

说起甘歇赖尔这名字时，那妇人的声音中似乎注满着悦耳的音乐。我的行杖掉落在地，很紧张地坐直了身子。

伊又说下去道："甘歇赖尔是一个很纯正的印度人。每天清早，我在闺房的格子窗中望见他。他大半身立在鸠那河中，向着太阳举行灌水之礼。他往往湿着衣服，坐在河边埠头的石级上，悄悄地读着圣诗。然后放出他那美而清澈的声音，唱一支宗教中的甚么歌曲。一壁唱，一壁走回去了。

"我是一个回教的女郎，但我从没有机会研究我自己的声，也从没有练习过崇拜的礼式。那时我们教中的男子，都是荒淫无度，不守教规。群女聚居时，艳窟便是他们唯一的行乐之地，直把宗教都忘了。我在这晨光熹微中，瞧那通往下面一片澄蓝的鸠那河的雪白石级上，有这很虔诚的崇奉宗教的一幕，我也似乎渴想一切神圣的事物。我这方才苏醒的心中，流溢着说不出的皈依圣教的甜美感。

"我有一个印度女奴。每天早上，伊总得给甘歇赖尔拂去脚上的尘埃，这一回事往往使我感到一种愉快，而也使我心上起了一些儿妒念。有时这女孩子还得将食品供给婆罗门教徒吃，并且送他们礼物。我往往把金钱助伊。有一次我唤伊邀请甘歇赖尔吃饭，但伊挺起身来，说伊的主公甘歇赖尔是从不收受人家食品和礼物的。我端为不能直接或间接地向甘歇赖尔表示敬意，我的心中只是挨着饥饿，得不到慰安。往时我有一位祖先，曾用了武力劫取一位婆罗门女郎，做他的妾媵。因此我每想到伊的血，正在我的血管中流动着。我起了此念，便给与我一种满意，以为我和甘歇赖尔是有亲戚的关系的。平时我曾听过一切印度神仙和女神的许多神妙的故事，由那印度女奴根据着叙事诗，详详细细地说来。于是我的心中，便起了一片理想的世界。印度文化独居着最高的地位，那神仙的偶像咧，寺庙中的钟声法螺声咧，金顶的神龛咧，香炉中的香烟咧，那供神的鲜花和旃檀的妙香咧，那有超人的权力的瑜伽论咧，那婆罗门教徒的庄严神圣咧，那印度神仙下凡入世的神话咧——这些事情充满了我的理想，便给我造起了一个广大无边渺渺茫茫的理想之国来。我的心在里边飞翔着，好似暮色黄昏中的一头小鸟，在一座古旧的大厦里，在一间间房中飞来飞去。

"于是那大叛乱的事件发生了，便是我们巴特龙的小炮台中，也觉得受了震动。印度教和回回教又到了这时期，两下里掷骰争占印度斯坦的王位。这已是他们的老玩意了。而那杀牛为食的白种人，就得被逐到亚利安人种的国土之外

"我的父亲古拉迦德可汗，是一个谨镇小心的人。他一边痛骂着英吉利人，而同时却又说道：'那些人决

不能成事，印度斯坦的人是比不上他们的。我不愿为了无谓的野心，失掉我这一座小小的炮台，我不愿和英军作战。'

"这时印度斯坦全土的每一印度人和回教徒都已热血中沸。我们见父亲如此小心，觉得很惭愧。便是宫中一般贵妇，也烦躁不安起来。于是甘歇赖尔把所有军队多归他统带，向我父亲宣言道：'总督，你要是不愿意和我们站在一起，那么在这作战期间，我得把你禁锢着，并由我自己防守炮台。'

"我父亲即忙回说不用着急，他已预备和叛军合作了。甘歇赖尔向库中要钱，只给了他小小的数目，说往后到了紧要的时期，再多多地给他。

"我卸下了从头到脚的一切饰物，唤我那女奴去暗暗地送与甘歇赖尔。他收下了，直使我的四肢都快乐得震动起来。他得了钱，忙着准备把那旧式的枪械和久已不用的刀子擦亮了。一天午后，那英军的统领蓦地带了一队红衣的白军，入到炮台中来。我父亲便将甘歇赖尔的密谋私下报告了他。然而这位婆罗门教徒的势力很大，他那一小队的兵都预备用了他们无用的枪械和生锈的刀子，拼命一战。我因了老父的不义，眼中虽没有眼泪，而我的心直惭愧得要碎裂了。

"我穿了我哥子的衣服，暗地出宫而去。那作战时的硝烟、兵士们的呐喊声、枪炮的轰击声，都已停止了。那可怕的静谧的死，布满在天地之间。太阳带着血，落下去休息，把那鸠那河的碧水也染红了。在暮空中，现出一个月儿来，快要团圆了，照见战场之上，满现着一片死伤的惨景。在别的时候，我决不能在这惨景中间走去。但是这晚，我直好似在梦中行走的一般。我唯一的目的，便是要找到甘歇赖尔，而旁的事情都记不得了。

"将近夜半，我在鸠那河近边的一带芒果树丛中找到了甘歇赖尔。他躺在地上，他那忠仆蒂华基的尸体，正横在他的身旁。我料知这忠仆虽已受了致命的伤，仍还带着他的主人到这安稳的所在来。也许是那受伤的主人，撞见了他垂毙的忠仆，而带到这里来的。我私下里久已尊敬他的为人，此刻再也忍不住了。我便投身在甘歇赖尔的脚边，把我松散下来的头发拂去他脚上的尘沙，将我的头额去接触他冰冷的双脚。我那忍住着地眼泪，便扑簌簌地掉出来了。

"正在这当儿，甘歇赖尔动弹了，低低地喊了一声痛。他的眼睛闭合着，我听得他低唤着要水喝。便立时赶下鸠那河去，将我的衣服浸在河中，赶回来把衣上的水挤在他半开的嘴唇中。我又在衣上撕下了一块缚住了他的左眼，因为眼上受了一个刀伤，而沿着头顶也有一个很深的伤口。我好几次挤出水来，洒在他的脸上，他便渐渐地苏醒过来。我问他可要再喝些水，他呆望着我，问我是谁，我不能自抑，即忙答道：'我是你忠实的奴子，总督古拉迦德可汗的女儿。'

　　我心中希望甘歇赖尔在他将死之际，听我一番最后的自白。谁也不能夺去我这最后的乐趣了！但他一听得我的名儿，便破口呼道：'间谍的女儿，不义之女！你在我临死的当儿，来亵渎我的一生。'说了这话，他给我的右颊上猛击了一下，我觉得眩晕起来，便一切都昏暗了。

　　"你须得知道我那时的年纪，还不过十六岁左右，我才是生平第一次走出我的闺房。那外面天空中火热的阳光，还没有夺去我两颊上花一般的娇嫩之色。然而我初踏到门外的空气中来，却就受我世界中的大神施与我这样的敬礼。"

好似一个人迷失在梦中一般，我听着这妇人的故事，连我的纸烟上已没有了火，也不曾觉得。我的心可是被那语言之美所迷惑了呢，还是迷惑于伊那音乐般的声调，或伊这一段可泣可歌的故事？这很不容易说明。我只是默默地，老不开口。然而伊说到了这里，我再也不能缄默了，便脱口说道："畜生！"

那总督的女儿说道："谁是畜生啊？畜生在临死苦痛的当儿，有人把水送到他的嘴边，他会放弃么？"

我立时改正道："呀！是的，这是神圣的。"

但那总督的女儿却又答道："神圣？你可是说神圣会拒绝一个虔诚之心向他崇拜么？"

我听了这番话，心想自己还是不开口为妙。那总督的女儿便又继续伊的故事道："那时我觉得大为激动，倒像我这破碎的世界，压到我的头上来了。我远远地膜拜着这一位严酷无情的婆罗门武士。我的心中在那里说：'你从不接受下人的侍奉、异族的饮食、富人的金钱、少年人的青春、妇人女子的情爱，你只是孤高自处，遗世独立——超出于污浊的尘凡之上。我简直还没有这权利献身于你啊！'

"他眼瞧我一个总督的娇贵的女儿，向他膜拜头碰着地，我不知道他心中作何感想。但他的面容上却并不表示甚么惊异或感动之色，他对我的脸上瞧了一会，于是慢慢地坐起身来。

"我急忙伸出两臂去扶持他，但他悄悄地拒绝了我，很苦痛地挨到鸠那河的埠头上。有一艘渡船系在那里，却没有搭客，也没有船夫。甘歇赖尔入到船中，放了绳子，那船便泛入河心不见了。

"我一时很想投入鸠那河中，像一朵好花，未及时而从枝儿上摘下来似的——将我的爱与青春和被拒绝的崇拜之诚，全都贡献与那载着甘歇赖尔远去的一叶扁舟，但我却又不能。那冉冉上升的明月，那鸠那河对岸一带黑沉沉的树影，那一片静止不动的深蓝色的河水，那远处芒果树丛上一座炮台的高垒——都在向我奏着幽静的死的音乐。唯有那轻舟一叶，被流水悠悠载到没有希望的远处去，却还吸引着我走到生命的路上，而将我从这月明之夜美的死神的怀抱中拖曳出来。

"我好似失了魂似的，沿着鸠那河岸走前去。走过了那密密的丛苇和多沙的荒地，有时涉浅水，有时攀危崖，有时穿过那灌木丛生的林莽。"

伊在这里停住了，我也并不打破伊的静默。伊停了好久，才又继续伊的故事：

以后的事情便混乱了，我不知道该怎样的一一说来，以使我的故事明了。我似乎走过一片荒野茫然的不知方向，可就记不起我足迹所经的地方了。我不知道如何开始，如何终了；什么事该包括，什么事该除外；也不知道该如何使我这故事清清楚楚，使你听了觉得完全是自然的。然而我在几年来的困苦中得到了教训，知道这世界中没有不可能的事，也没有难事的。起先以为像我这般一个生长在总督家深闺中的女孩子，走出去一定有种种障碍，无法避免的。但你一到了人群中去，就觉得有路可走。这路未必是总督走的路，然而一样是一条路引导着人们归向他们各各不同的运命——这一条路崎岖不平，曲曲折折的没有穷尽。这一条路充满着忧乐和阻力——往往是这一条路。

"我在那普通人类所走的路上往来漂泊的种种历史，说来没甚好听。况且我也没有这魄力，完全诉说出来。总之，我经过了一切的困难、一切的危险、一切的侮辱——然而劫后余生，还可以勉强忍受。好像放一个焰火，越是烧得厉害，越是飞腾上去。我只抱着这勇往直前的意志，就不觉得那火烧般的苦痛，到得我极哀极乐的活火熄灭时，我便精疲力尽地跌倒在地埃尘了。我的漂泊今天已终止，我的故事也结束了。"

伊停止了。

但我摇着头对自己说，这决不是一个相当的结束，定有下文。当下便用了我那支离破碎而不完全的北印度土白对伊说："郡主，请恕我的失礼。但我敢明白奉告，你倘能将这结束的话，说得明白一些，那就使我心中大大地安慰咧。"

那总督的女儿微笑着，我那支离破碎的北印度话倒发生了效力。我要是用了最最纯粹的印度斯坦话说去，怕反引起伊的憎厌。而我这不完全的语言，倒有了假借了。伊又说道："我往往能随时得到甘歇赖尔的消息，但我从不曾遇见过他。他联络了叛徒丹蒂亚都璧，像大风雨般随时发作，一会儿在东一会儿在西，而蓦然之间他也不知所往。我穿上了方外人的法服，上毗那尔去从我那位唤作'父亲'的薛佛南大史华密处学诵梵文经典。

印度各部的新闻，都得送到他的脚边。我从他很虔诚地学诵经典时，总很恳切地探听战争的消息——那英吉利的统将，已把印度斯坦全土叛乱的余烬踹熄了。

"以后我再也得不到甘歇赖尔的消息。在那远处地平线上破坏的红光中照耀着的人物，蓦地里隐到黑暗中去了。

"于是我离了所住的小寨，出去挨户地找寻甘歇赖尔。从这一个圣地到那一个圣地，却从没有遇见他。有几个认识他的人，说他定已送了命了。他是死在战场上，或战后的军法上的。但是我的心中，有一个小小的声音在那里说，决没有这一回事的，甘歇赖尔决不会死。这婆罗门信徒，有如燃烧着的火焰——是不能熄灭的。那熊熊之火，仍在甚么寂寞而难以接近的圣坛上燃烧着，等着我把生命和灵魂作最后的贡献。

"印度的经典中，往往说低级的人民，因了极力奉行避世绝欲的主义，而成为婆罗门教徒的。但是回教徒可能成为婆罗门教徒，却没有提起。我知道自己须得久挨下去，才能和甘歇赖尔相结合。因为我须得先做了婆罗门教徒才是。而我在这样的情形之下，已过了三十年了。"

"我的心志和生活，都变作一个婆罗门教徒了。我从甚么婆罗门祖母遗传下来的一脉，婆罗门的血又在我的血管里滤清起来，而在我的四肢中跳动了。这一回事既已完成，我的精神上就可毫无疑义地皈依在我青春时代中敬慕的第一个婆罗门信徒的脚边——他是我偌大的世界中唯一的婆罗门信徒。而我也觉得那光荣的圆明，已绕在我的头上了。

"在叛乱时的战争中，我常听得甘歇赖尔勇敢的故事。但是这些事情，并不在我心上留下甚么印象。我的心上只有一幅图画是很显明的，便是那一艘渡船载着甘歇赖尔，向那月光下静静的鸠那河中驶去。我日夜的瞧见他驶向一片广大无边的神秘之乡，既没伴侣，又无奴仆——这婆罗门信徒是无需于人的，他完全可以自主。

"末后我得到甘歇赖尔的消息了——他逃过了奈泊尔的边界，免受惩罚。我赶往奈泊尔去，在那边居留了好久，才知他早在数年以前离了奈泊尔。没有人知道他往哪里去的。从此以后，我就在群山之间往来旅行。这一带区域不是印度人的区域了。这班蒲帝亚人和赖泊嘉人都是崇拜偶像的民族，他们对于饮食没有相当的规定，他们自有神道，也自有崇拜的方式。那时我很刺促不安地留意着保持我宗教上的纯洁，避过一切的染污。我料知我的船快已到了港中，而我一生最后的目的，也相去不远了。

"于是——我怎样的结束呢？大凡结束都是很短的，只需陡的吐一口气便可熄灭灯火。那么我何必把这事拉成一段长长的故事呢？……恰在今天的早上，已足足挨过了三十八年的分离，我终于遇见了甘歇赖尔——"

伊在这所在停止时，我很恳切的再也按捺不住了，忙说道："你怎么找到他的？"

那总督的女儿答道："我在一个蒲帝亚村落中瞧见老甘歇赖尔在一所院子里拾取麦穗中的谷粒。他那蒲帝亚的老妻厮守在他的身旁，他那蒲帝亚的孙儿孙女正围绕着他。"

那故事就在这里结束了。

我想说甚么话——只几句话——以安慰伊，我说道："此人和那些异族的人同过了三十八年的时光，只为怕死而躲藏在那里——他又怎能保持他宗教上的纯洁呢？"

那总督的女儿答道："我难道不明白么？但我在妙龄时就被这婆罗门教徒盗了我的心去，好多年挨将过去，这蛊惑的魔力是何等的大啊！我怎能疑到他不过是一种习惯呢？却一心以为真理在此，永生的真理在此。不然，我怎能十六岁时刚离了我父亲庇荫，愿以身心和青春贡献于他，却低首下心忍受他的侮辱呢？呀！婆罗门，你自己接受了旁的习惯以代替你往时的习惯，但我怎能再得一个新的生命和青春，以补偿我所失去了的生命和青春啊！"

伊说了这一番哀怨的话，那妇人便站起来，操着北印度话说道："再会，先生！"当下忙又改正伊的口气，用了回教徒的话说道："再会，先生！"

说了这一句回教徒道别的话，伊也就和那婆罗门教长别了。一切想象，都委弃在尘沙之中。我待再和伊说一句话，伊却已在那希马拉耶山灰色的雾中隐去咧。

我把两眼闭上了一会，瞧见伊故事中种种经历的事情，掠过我的心头——那十六岁的女孩子，总督的女儿坐在伊的格子窗前，在伊的波斯毯上，瞧着那婆罗门教徒向鸠那河举行他早晨的灌水礼。那愁惨的妇人，穿着方外人的法服，怎么在神龛前的灯光中做着晚祷。那伛偻的身子，怀着无家可归的苦痛，伏在大奇陵的喀尔喀他路上。我想起了这一个妇人的身中交流着两种性质的血，又听了伊十分庄严的声口，说着那美妙的语言，便觉得我的心中挑动了悲哀的音乐了。

于是我睁开眼睛，雾已散了。山边罩着晨曦，在闪闪地发亮。那英吉利的夫人们都已坐了人力车出来，那英吉利的先生们都骑着马。时常有一个本加尔的店伙，头上裹着搭膊巾，从巾褶中溜过眼来，很诧异地对着我瞧。

（原载《紫罗兰》第 3 卷第 16 号，1928 年 11 月 12 日出版）

花

〔奥地利〕许泥紫勒[①]　原著

　　许泥紫勒氏（A.Schnitzler），以一八六二年五月生于奥京维也纳。初习医，尝悬壶问世。中年折节治文学，于奥国文坛上卓著声誉，所以剧本与小说，并皆佳妙。一九〇八年获格立派受奖。所作剧

---

① 今译为显尼茨勒。

本如《亚那托儿》有声欧土，黎园争演之。今其人尚健在，春秋六十有六矣。

这整个的下午，我在街道中旁皇着。那雪缓缓地掉下来，大片儿地下来——而此刻我已在家里了。我的灯已点上，我的纸烟已烧着，我的书本已放在近边。真的，我所有的一切，都给与我实在的安适。然而一切都是虚幻的，我只能想起一件事。

但伊之于我，不是已死了好久了么——是的，死了，也许就我童稚的愤激上着想，以为这欺诈的人"比了死更坏"么。可是如今我知道伊不再是"比了死更坏"，却真的死了。也像旁的许多人一般，永永地长眠在地下——在春季，在炎热的夏季，在下雪的时节，像今天这样——再也没有回来的希望了——从此以后，我才知道伊对于我的死，并没有比对于世界的死早一刻儿啊。悲哀么——不是的，这不过是我们所觉得的一种普通的惊异。对于那曾经属身于我们的人，从头至脚仍还清清楚楚地在我们心上的，如今却掉到坟墓中去了。

当我发现伊在欺骗我时，心中甚是悲哀——然而还有别的难堪咧——愤怒与突然的怨恨对于生命的恐怖——唉，是的——还有那虚荣心的损伤——悲哀之念却是随后来的。但是想起了伊一定也在挨着苦痛，才得到了慰安——我至今还保留着，不论甚么时候都可重读一下，就是那十二封哭诉哀求而请我宽恕的信——我仍还能瞧见伊在我的跟前，穿着伊那深色的衣服和那小小的草帽，暮色昏黄中立在街角，而我正从门中走将出来——伊从后望着我。我仍还想到我们最后的会面，伊立在我跟前，伊那大大的美目，嵌在一张圆圆的孩子似的脸上。如今这脸已变得苍白如死灰了——伊离了我走开去时，我并没有将手授给伊——这是伊离我而去的最后一次了——我在窗中眼瞧着伊走下街去，于是伊不见了——永永地不见了，如今伊再也不能回来……

我是在偶然间知道这回事的，我尽可好几个礼拜、好几个月一无所知。一天早上，我可巧遇见伊的伯父。至少有一年不曾见他了，因为他是不常到维也纳来的。真的，我以前只遇见过他二三次。我们第一次见面，是在三年以前一个弹子会中。伊和伊的母亲也同在那里——第二年夏间，我和几个朋友同在柏拉德大饭店中，

花　　　　　　　　　　　　　　131

伊的伯父和几位绅士恰在邻桌上坐地。他们都很快乐，他老人家还喝着酒祝我康健。临去之前，他走过来悄悄地对我说，他的侄女儿正发疯也似的爱着我——而我在一半儿昏瞀中，觉得这老绅士在这弦管呕哑之中，对我说这么一回事，似乎是太呆而太奇怪了。在我呢，原早已知道，可是我的嘴唇上刚印着伊最近的一个香吻咧。而在此刻，在这一个早上，我差不多已走过了他，偶然问起他的侄女儿，其实并非关心，多半是表示我的礼貌。我对于伊的事情早就不知道了，伊的通信已停止了好久。不过伊仍照常的送花与我，回想到我们最快乐的日子，每一个月送一回花来，也没有名片，不过是沉默而谦卑的花罢了——这时我问起那老绅士时，他甚是诧异："你不知道那可怜的女孩子已在一礼拜前死了么？"这是一个很可怕的打击——接着他又告知我一切。伊已病了好久，但是上了床还不到一礼拜。伊的病症呢？"忧郁病——贫血病——医生们自己也不很明白。"

我在那老绅士别去的所在呆立了好久——我软软的没有气力，似乎刚经过了甚么极大的困苦——到现在我觉得今天是我一部分的生命终了的日子了。为甚么——

为甚么？这真是出于意外的事。我对于伊没有甚么感情了，委实说，我已难得想起伊了。但是此刻我把这些意念写了下来，才觉好了些，我已安心了些——我渐渐地爱我家中的舒适了——这真是无谓而痛苦的，再想起那些事——今天当然有旁的人比我更热烈地在哀悼伊。

　　我散步了一会。这是一个恬静的冬日，那天空中瞧去很灰黯，很寒冷，又似乎远远的——而我甚是镇静，那老绅士才在昨天遇见——却好似在几个礼拜以前了。我想起伊时，便能瞧见伊一个很可怪的明显而精细的轮廓，只缺少了一件事，便是我先前一想起伊，往往生气。如今却没有了，端为伊已不再在世上，已长眠玉棺之中，而已埋香地下了。我并不——我并不觉得悲哀，今天这世界，在我似乎更平静些。我曾有一时知道世上没有甚么快乐，也没有甚么悲哀，所有的不过是那哀乐所幻成的丑态。我们笑，我们哭，读我们的灵魂示现。此刻我能坐下来读那深奥而严重的书本，一会儿就可悟彻种种的学问。我也许能站在那些古画之前，先前是向不在意的，而现在却很爱它们的真美了——我每当想起几个亲爱的亡友时，我的心中总不觉得怎样的悲哀——死神已变成了亲善之物，在我们的中间缓步着，但是并不来伤害我们。

雪，高高而白白的雪，盖满在街道中。小葛丽姐来说，我们大可坐了雪车出去逛一下子，于是驱车向乡间驶去。驶过那平坦的路，惊铃乱鸣。我们的头上，好一片蓝灰色的天空。葛丽姐偎在我的肩头，将快乐的妙目，望着那迢迢的长路。我们到了一家客寓，这所在我们在夏间是很熟悉的。炉子里生着火，火光熊熊的，热得我们将桌子移了开去。葛丽姐的左耳和左颊都已烘得绯红，我只索去吻伊那张比较白些的右颊了。后来，在暮色昏黄中回来，葛丽姐贴近了我坐着，握住我的双手——接着伊说："我终于又得到你了。"伊不假思索的，恰恰一语中的，使我很觉快乐。也许是这尖冷而清洁的空气，弛放了我的思想，我觉得比前几天自由些、满足些了。

在不多一会以前，我正躺在睡椅中打盹，我的心上又来了一个奇怪之念。我自己也觉得太忍心、太冷酷了，可是一个人立在他亲爱者的坟墓前而一无眼泪、一无感动。因为他的心肠已变得很硬，再也不觉得死的可怖咧——是啊，木强无情，就是这回事。

去了，都去了，生命快乐和一些儿的情爱。将那些痴念都已撵去了，我重又在人们中走动。我欢喜他们，他们毫无危险，常谈讲着种种愉快的事情。而葛丽妲又是一个亲爱而温柔的孩子，当伊立在我窗前，阳光照在伊的金丝发上时，那再美丽也没有了。

今天又有奇怪的事发生了——这一天是伊惯常送花与我的日子，那花竟又来了——倒像没有甚么变动似的。他们将第一次的邮件送来，是一只狭长而白色的匣子。这时时刻很早，我还有些儿睡意，到得我打开那匣子来时，才完全清醒了。于是我大为震动，匣中放着紫罗兰和石竹，用一缕金线很美地束住着——它们好像躺在一具棺中一样。我取花在手，心中一阵抖颤起来——但我不明白这花今天怎么会来的，多分伊觉得病时，或觉得去死将近时，仍照常向花店订定，好使我仍然得到伊的关注。自然，这就是此事的解答了。事情很为自然，也许是很足动人的——那时我手中仍握着这些花，它们似在点头而抖颤。任是我有理性，有定力，也不由得瞧做是带着鬼气的东西，好像是直接从伊那里来的，倒像是代伊来致意的——倒像是伊往常一样。此刻伊虽死了，仍要将伊的爱告知我——将伊的忠实告知我。唉，我们不明白死是甚么，我们永永不会明白。一个人死了，只知道他甚么都过去了。今天我握着这些花，却和平常不同，我握得太紧，倒像要伤害了它们似的——倒像它们的灵魂在那里轻轻地哭泣。此刻这些花立在我面前的写字台上，在那狭狭的浅碧色的瓶中，似乎很悲伤地点着头。因了这些花，便有一种忧闷的苦痛完全布满了我的一身。要是我们能懂得一切生物的言语时，那我相信这些花定有甚么话要和我说咧。

我自己可不要受了愚，它们不过是花罢了，是传来的过去的消息。它们并不是来访问，当然并不是从坟墓中来访问我的。它们不过是些花朵儿，由花匠机械式地束了起来，绕一缕棉线在上面，便放在那白色的匣子里付邮了——如今已到了这里，我又何必多想呢？

我有好几点钟逗留在外，作长时间而寂寞的散步。要是杂在人们的中间，我觉得和他们合不上来。而我又瞧到那金发而可爱的女孩子坐在我室中，絮话着种种的事情——我却不知道说些甚么，到得伊去后，便好像离开了我好几里，伊已被人潮所淹没，不留遗迹了。伊要是不再到来，我也不会觉得诧异的。

那些花立在那高高的碧色瓶中，花干浸在水中，花香充满了一室。我虽已得到了一个礼拜，已在渐渐凋谢，而它们的香仍还留着。而我所惯常讥笑的无意识的事，却一起都相信了。我相信人类有和自然界事物谈话的可能——我相信一个人能和云与泉水通信，我便等着那些花开始说话了。但我觉得它们常在说话——就是此刻——它们也不住地在那里呼喊着，我差不多也能懂得咧。

我是何等的快乐，冬季是过去了，春气已在空际鼓动着，我的生活和以前并无差异。有时我仍觉得我生命的界限扩大了。昨日之日似已远去，而在过去的几天中所发生的事情，直好似幻梦一样。葛丽妲每和我相别时，仍是这般情景。我倘有几天没瞧见伊，我们的友谊便像是好几年以前的事了。伊常常来，远远地来，从很远的所在来——但开口一说了话，就又如旧时一样。而我便很清楚地知道现在所处的地位，当下就觉得伊的声音太高，色彩似乎太浓厚。然而等到伊一去，一切都去了，既没有后来的印象，又没有渐渐地消灭的回忆——于是我又单独和我的花同在一起了。它们如今已很凋败，已很凋败，再也没有香气了。葛丽妲先还没有瞧见，到今天方才瞧见，似乎要问我。但伊霎时间暗暗地起了恐怖之念——伊完全停住了说话，一会儿就撇下我去了。

那花瓣儿缓缓地掉下来，我从没有动过，要是一动那就粉碎了。我眼瞧着它们凋落，很为悲哀，不知道自己为甚么没有勇气，结束这一切无意识的事。这凋落的花，简直使我病了。我消受不得，便奔了出去。一到街中，却又觉得急急地要赶回去，看顾它们。当下我见它们仍在那只碧色瓶中，疲乏而忧闷。昨夜我在它们跟前哭着，好似一个人在坟墓前哭泣一样。然而我从没有想到那送花的人，也许我是错误了。而葛丽妲也似乎觉得我的室中有些可怪，伊不再笑了，伊也不再做着我所听惯了的清朗而活泼的声音，响响的说话了。我接待伊时，也不像平日间一样，我又很怕伊要问我甚么，料知那问话一定是使人难堪的。

伊往往带了伊的缝件来，我倘在看书时，那伊就悄悄地坐在桌旁缝织了。伊耐心儿地等着，等我看完了书，将书本放开去，到伊的跟前，把伊手中的缝件取下来。

接着我移去了那灯上的绿色罩，使那柔和的光照满了一室，我是不喜欢暗壁角的。

春来了，我的窗子洞开着。昨晚我和葛丽妲同在这里瞧到街上，空气温暖而芬芳。我瞧到街角，那边的街灯放射出一道微光来，我陡的瞧见了一个影儿，我瞧见的却又不见——我知道我并没瞧见——我闭上了眼，忽地从我的眼帘中瞧见了，那可怜儿立在那里。在那惨白的灯光之下，我很清楚地瞧见伊的脸，像有黄色的阳光照着，而我在那苍白而憔悴的脸上，更见伊那双哭伤了的眼睛。于是我缓缓地从窗前走开，在写字台旁坐下来。蜡烛在微风中溅着泪，我兀自一动都不动，因为我知道那可怜儿正立在街角等着，我要是敢去接触那凋败的花，就得从瓶中取出送给伊去。于是我想，很诚实地想，然而我始终知道这是无意识的。这当儿葛丽妲也离了窗前，来到我的椅后，小立了半晌，便将伊的嘴唇亲我的头发，当下伊去了，留下我一个人。

我瞧着那些花朵，所余已无几了，大半是空枝儿，又干枯，又可怜。它们使我难堪，驱我发疯，这事分明是实在的，不然葛丽妲定须问我。但伊早已觉得，因此伊逃跑出去，倒像我室中有鬼物似的。

鬼物——是有的，是有的——死的和生命在那里……要是凋落的花闻着霉烂之气，那不过花朵儿开放时的回忆。而死的也可以回来，只须我们一径不忘记它们。即使不开口说话，那又有甚么分别呢——它们的话，我能听得的。伊不能再现身，然而我能瞧见伊。春在外面，阳光在我的地毯上，丁香花的香在园子里，人们在下面走过，却和我漠不相关。这些可就是生命么？我倘把窗帘拉下，阳光是死了。我不要知道那班人，那班人也是死了。我关上了窗子，那么丁香花的香去了，春也死了。我比了阳光、人们和春都有力量，然而比我更有力量的，却是回忆。回忆一来，甚么都逃不了的，所以这些繁花落尽的枯枝比了春和丁香花的香，都有力量。

我正在想念着这些事，而葛丽姐已进来了。伊从没有来得这样早的，我惊愕着，诧异着。伊在门限上小立了一会，我只对伊瞧，并不招呼，伊微笑着走近了我，手中握着一个鲜花球。当下伊一言不发，放在我的写字台上。不一会儿伊已抓住那碧色瓶中的枯枝儿了，倒似乎有人抓住了我的心——但我却作声不得。到得我要立起来握住伊的臂时，伊对着我微笑，把那枯花擎得高高的，赶到窗前去，抛在街中。我觉得自己也要跳出窗去，舍身相从。但那葛丽姐正立在窗边，面对着我。而伊的头上正照着阳光，明媚的阳光，丁香花的浓香从窗中吹送进来。我眼瞧着写字台上那只中空的碧色瓶——我不知如何觉得自己已自由些了——是的自由些了。接着葛丽姐挨近了我，拾起伊的花球来，那凉凉的白白的丁香花，已招展在我的面前。那一种合于卫生而新鲜的香——又温柔，又凉快，我直要将我的脸埋在那花朵的中间。这含笑而白白的艳艳的花——使我觉得那鬼物已去了。葛丽姐立在我的后面，伸手掠着我的头发，伊说道："你这傻孩子。"伊可知道伊做下了甚么好事么？我握住了伊的手，和伊接吻。

晚上我们一同到户外去，到春光中去。此刻我们刚回来，我已点上了蜡烛。这一次我们走了好长的路，葛丽姐很疲乏，已在椅中睡熟了。伊甚是美丽，在睡中还是嫣然地微笑着。

在我的面前，那狭狭的碧色的瓶中，插着丁香花。下面的街中——不，不，那枯花早已不在那里了，一阵风来，已把它们和着尘沙吹开去了。

（原载《紫罗兰》第 3 卷第 11 号，1928 年 8 月 29 日出版）

薄命女

〔俄〕高尔甘[①]　原著

　　高尔甘氏（M.Gorky），俄国近代大小说家之一也。真姓氏曰潘希高夫（M.A.M.Pyeshkof），以一千八百六十八年三月十四日生于俄之尼尼奴夫高洛（Nijni Novgorod），读书既成，颇事浪游，数年

---

　　① 今译为高尔基。

间流转工作，不名一业。尝为面包师，为阁人，为乐队歌人，为苹果小贩，为律师书记，为铁路佣工，又尝入自杀会，谋自杀，卒未死。时复无业，为浪人，居恒好杂处贫民苦工及下流社会中，撷拾闻见，著为说部，故其所作，多有为无告小民请命者。其说部中之杰作，有《间谍》《同伴》《麦加居特拉》《乞尔加希》《托斯加》《麦尔佛》诸书，外此又有短篇小说三卷，剧本若干种，均名。今其人尚存，从事著述如故。

这是我一个朋友有一天对我说的：

我在莫斯科读书时，住在一所小屋子里。我的邻居是个奇怪的女郎，伊是波兰人，伊的名儿是戴丽珊。伊身材很长，很强壮，皮肤作棕色，眉毛很重，粗粗的面貌，倒像是把一柄斧头雕成的。伊的眼睛似乎很呆钝，声音也重浊，瞧他的一举一动，活像是个角斗得奖的大力士。总之伊生着一具重大而宣于肌肉的身子，以全体论，委实是丑陋极了。我们同住在顶楼中，房间恰恰相对。我倘知道伊在家时，决不开门。有时在梯顶上或院子里遇见了伊，伊总放出一种粗悍的笑容来，向着我微笑。我又往往瞧见伊红着两眼回来，头发也蓬乱得很。在这个当儿，伊总把莽撞无礼的眼光对着我瞧，接着又得呼道："哈罗，学生。"

伊那种蠢笑是很可厌的，我本想迁移开去避过伊，但这住处却是个极好的所在，开窗能望见全城，毫无障蔽，街中又分外的幽静，因此我依旧留住着。

一天早上，我漱洗过后，躺在床上，门忽地开了。戴丽珊已现在门口，放着伊重浊的声音说道："哈罗，学生。"我忙问道："你要甚么啊？"

我对伊瞧时，见伊脸上现出羞涩的模样来，这是我从来没有见过的。伊说道："学生，我要求你一件事，请你不要推却。"我仍躺在床上，心中想："这不过是托辞罢了。"然而口中却不说出来。

伊接着说道："我想写一封信寄到家乡去。"我又想道："伊毕竟是捣甚么鬼啊？"我于是从床上跳下来，在案前坐下取了纸笔和墨水，说道："请进来坐了，口述与我听。"

伊便入到里面很小心地坐下了，眼睁睁地瞧了我一下。我问道："这信是写给谁的？"伊答道："是给蒲尔士洛甘希普的，他住在华沙铁路上的史温齐尼镇。"我又道："你要我怎样写法呢？请说下来。"

"我亲爱的蒲尔士——我的甜心——我的爱人——我的灵魂儿——愿那圣母保护着你。吾爱，你为甚么好久没信给你的小鸽儿戴丽珊？伊因此很忧闷啊！"

我听到这里，几乎当着伊喷出笑来。试想这"忧闷的小鸽儿"身长足足六尺，牛一般的壮健，两个拳头，活像是大力士，一张脸又是黑黑的。像这样的鸽儿，多分一辈子不做旁的事，兀自在那里扫烟囱罢。但我仍扯直了脸，很正经似的问道："谁是这蒲尔士洛啊？"

伊立时现着诧异之色，以为我不应该不知道这蒲尔士洛啊。因便答道："先生，你问蒲尔士么？蒲尔士是我的未婚——"我接口道："未婚夫么？"伊道："学生，你为甚么如此惊异？像我这样的年轻女郎，难道不许有一个恋人么？"

这是何等的笑话！但我仍搭讪着道："一个年轻女郎，原是甚么事都可干的，但你订婚已有多少年了？"伊道："已十年了。"

我便给伊写了一封信，信中充满着无限的柔情蜜意。要是这寄信的不是戴丽珊而是旁的女子，那我倒也很愿处在蒲尔士洛的地位呢。

伊似乎深为感动，向我说道："学生，我掬着全个儿的心感谢你。你可有甚么事要我帮忙么？"我道："多谢，没有事。"伊又道："学生，我能给你缝补衬衫和衣服。"我觉得很窘，很简捷地回说没有事需伊效劳。伊便去了。

两礼拜已过去了。一天黄昏时候，我正坐在窗前，口中呜呜地低哼着曲儿，想怎样消遣这寂寞的黄昏。外面天气很恶劣，我又不愿意出去。蓦地里门开了，我心想："再好没有，有甚么人来了？"门外有人说道："学生，你此刻可忙着么？"原来又是戴丽珊呀！偏又是伊，我实在愿意见旁的人啊。当下我答道："没有事，你要甚么？"伊道："我要求你再给我写一封信。"我道："使得。可是给蒲尔士么？"伊忙道："不！我要他的回信。"我嚷起来道："甚么？"

伊道："学生请恕我，我是有些呆蠢的。我不曾说个明白，这信不是我自己的，是给我一个朋友写的——不是朋友，不过彼此相识罢了。他不能写信——他也有像我一样的一个未婚妻——"

我抬起眼来对伊瞧，伊似乎很羞惭，伊的手抖颤着，分明很困窘的样子。我心中便明白了，放声说道："我的女孩子，你听着，你对我所说的蒲士洛夫等等——全是出于理想的，你是撒谎，不过托辞要到我这儿来。算了，我不愿再和你有甚么瓜葛了，你可明白么？"

我瞧伊很吃惊了，伊涨红了脸，挣扎着要说甚么话，我觉得自己可错怪伊了。伊到我这儿来，实在并没有这意思，要引我越出道德的途径，内中另有隐情在着，但又是甚么一回事啊？

伊讷讷地说道："学生——"接着却陡的挥了挥手，一旋身走了出去，"砰"的把门带上了。我心中很觉不安，听得伊又"砰"的一声，把伊自己的房门关上。伊分明是恼了。我默想了半晌，决意去唤伊回来。我愿意给伊写这信，我很觉对伊不起。

于是我到伊的房间里去，见伊正傍着桌子坐着把双手掩住了脸。我开口说道："我的女孩子，你——"我讲到这里，总觉得非常的感动。原来伊一听得我的声音，便跳起身来，直走到我跟前，两眼闪闪地发着光亮，把两臂搁在我的肩头，抽抽噎噎的兀自哭。伊的心似乎要碎裂了。

伊呜咽着说着："你——你写这——这几行——字——有——有——甚么——分别呀——你——似乎是一个好——好人是啊——原没有——甚么蒲尔士洛——也没——没有——戴丽珊只有我——我——一个人罢了。"

我听了这些话，可呆住了，忙道："甚么？如此并没——并没有蒲尔士这人么？"伊道："没有。"我又道："也没有戴丽珊么？"伊道："不！我原是戴丽珊。"这时我头脑中打着旋子，兀自很诧异的对伊瞧着，我们两人中定有一人疯了。伊回到桌旁，在抽屉中摸索着，掏出一张纸来。

伊回到我身旁，说道："这里，这里，你把代我写的这封信收回去罢。你不愿意写第二封信，好在有旁的好心的人给我写的。"伊手中握着我代伊写给蒲尔士洛的那封信。这到底是甚么意思啊？我一壁便说道："戴丽珊，你听着，这可是甚么意思？你为甚么求人写了信，又搁着不寄出去呢？"伊道："我寄给谁啊？"我道："怎么？

薄命女

149

寄给你的未婚夫蒲尔士洛啊。"伊悄然道："但是——并没有这个人。"我只索丢手了，此刻唯一的办法，唯有走出去。但伊却又说道："不！他并不存在——并没有这蒲尔士洛——"说时做着手势，表示伊很难说明的意思。接着又道："然而我要伊活着，我知道自己并不欢喜旁的人——我原也自知是何等人——只是我写信给他，不是无损于人么？"我道："你可是甚么意思？写信给谁？"伊道："给蒲尔士洛。"我好生怀疑，又赤紧地说道："但你此刻刚和我说过，并没有这个人啊。"伊道："呀！圣母，我管他有没有这人呢。即使没有这人，我理想中总有一个蒲尔士洛在着，我当他真有其人，写信给他。他写回信给我，我再写信，他再有回信——"到此我方始明白了，我自觉好像是犯了甚么罪，甚是羞惭，又像受了刺激，身体上感受一种苦痛。在我的身边，相去不过一臂之近，竟有这么个可怜的人。世界中没一个人对于伊表示一丝情感，没有父母，没有朋友，甚么都没有，因此这可怜虫便给自己造出一个恋人，造出一个未婚夫来。

伊又放着那种重浊而单调的声音说道："你代我写

给蒲尔士洛的这封信——我曾请别人朗诵给我听，我听了以为蒲尔士洛活着。于是我又要求蒲尔士洛写一封回信给他的戴丽珊——给我。我几乎觉得蒲尔士洛实有其人——住在甚么地方——我却不知是哪里——我因此也能维系着过活了。这样才不觉得难受，不觉得苦痛，也不觉得寂寞。"

从这一天起，我便规定一礼拜两次，替伊写着信。由戴丽珊给蒲尔士洛，再由蒲尔士洛给戴丽珊。这些信中都充满着热情，而以回信为尤甚。伊——伊听着我读。一会儿哭，一会儿笑，甚是快乐。伊从此也照顾我的衣服，作为报答，常给我补衬衫，补袜子，拭净我的靴子和帽子。

三个月后，伊受了甚么嫌疑，捉将官长去。从此我不再见伊的面，伊多分是死了。

（原载《紫罗兰》第 1 卷第 6 号，1926 年 2 月 27 日出版）

红 笑

〔俄〕盎崛利夫[①] 原著

盎崛利夫小传

　　盎崛利夫（Leonid Andreef）以一八七一年生于乌利尔（Orel）。在书院中肄业时，即丧其父。家贫，困甚。因孜孜力学，不敢少息。寻为小学校教

---

　　① 今译为安德烈耶夫。

师，所入甚微。厥后从事文墨，无过问者。侘傺无聊，遂谋自杀。一八九四年，以枪自击，得不死。创处既平复，仍鼓勇事著述，而失败如故。幸自小好绘事，因以卖画为活。日为人图像，每像仅得五卢布或十卢布。至是冻馁虽已幸免，而家况之艰窘如故也。一八九七年，去而为律师生活，被召入墨斯科法庭。顾所得亦浸薄，暇则复为报馆中担任法律上之纪事焉。越年，刊其短篇小说《彼狂乎》（*Was He Mad*）一篇，大受社会欢迎。于是文名日著，而贫薄之生涯，遂亦于是告终矣。其生平所作短篇小说绝夥，有《谎语》（*The Lie*）、《思想》（*The Thought*）、《总督》（*The Governor*）、《瞿大司伊楷利哇》（*Judas Iscarit*）、《萨希加杰古来夫》（*Sashka Jigulef*）诸作。舍《彼狂乎》一篇外，尤以《红笑》为最著。今其人尚存，与高甘氏（*Gorky*）并称为俄罗斯当代两大著作家。

第一节

此刻我还是第一回觉得我们正沿着那路向前进发。这十点钟以来，两条腿简直没有停过一停，脚步也没有慢过一慢。就是掉下了东西，也没有拾过一拾。一股脑儿送给敌军，他们却正在后边像疾风卷雨般赶来。三四点钟后，就能把脚印儿踏在我们的脚印儿里咧。

这一天天气非常之热。一百二十度呢？一百四十度呢？或者还不止这几度呢？吾都不知道。单知道这热气熏蒸，没有退的时候，宛像和这漫天战云结了伴似的。那一轮红日，也似乎比平日大了千倍，瞧去殷红如血，煞是可怕。仿佛要把它万道无情的光儿，烧掉这大千世界的一般。我们的眼儿，也被它逼得张不开来，一个个都变作盲人了。这可怕的红日，射在我们的枪管和刺刀上，顿时化做千百个小日，一闪一闪地钻进我们眼儿。那一阵阵的热气，又并力地穿入我们身体，把我们骨儿脑儿，做它们的旅馆。有时我总觉得两肩中间颈项上装着的一个大好头颅，不知道要遗失在什么所在。上边好像已换了一个挺大的球儿，在那里乱滚，辘辘不休呀。可怕啊，可怕啊！

到了那个时候，我却不期然而然地记起家里来了。目中好似瞧见我卧室的一隅，墙上糊着一张浅蓝色的纸儿，一只桌子上放着一个灰尘丛积、久没动过的水瓶。这桌儿也甚是可怜，早已生了废疾。一只腿儿长，一只腿儿短。于是我用一张纸儿折叠起来，垫在那短腿下边，免得它一跷一拐，像跛人一般。那隔壁的一间里即是我亲爱的老婆和我亲爱的儿子，然而我张大了两眼，却望不见。要是我提起嗓子大呼一声，不知道他们可能听得不听得？唉，不听得也是无可奈何的事。当下我向那墙上糊着的蓝色纸，和那桌上放着的水瓶瞧了好一会，觉得两脚已立定了，一动也不动。一边高高地举起臂儿来，接着后边好似有人把我推了一推。我便匆匆而前，离了队，飞一般的走。只模模糊糊不知道望哪里走去，像是腾云驾雾的样儿。说也奇怪，霎时间我忽觉身上十分自在。热也不觉得了，疲倦也不觉得了，真有飘飘欲仙之概。走了好久，斗的愣了一愣。想我到底在这里做什么事，打算往哪里去。这么一想，却见无数被烈日炙得红红的头颈，贴着那热热的枪管，在我面前续续过去。我不知怎么欵的打了个旋儿，走向一片空地。又爬过了一条沟，坐在一块石上。这一块又热又粗的石儿，我直当它是战胜后占领的新地。我在这石上坐了约摸一点钟光景，只见大队的人，宛如长流之水，依旧在我跟前经过。那空气、土地和远处影儿似的军队，都好像在那里跳动。那火烧似的热气，又来穿入我的身体。于是我暂时把脑中虚构着的一幅思家图忘了，但见大队的人，又在我跟前经过。然而也不知道他们到底是什么人？到底是谁？

蓦地里我左边的小山顶上，轰的一声，放起炮来。接着放了两个，隆隆的震得如回声一般。我们头上还扑嗤嗤的有弹丸飞过，带着一种喜悦的声音。我们连忙把左右翼分将开来。

奇怪奇怪。不一会我一些儿也不觉得热了，一些儿也不觉得恐怖了，一些儿也不觉得疲倦了，神志也清明了，思路也有头绪了。我气喘嘘嘘地赶将过去，只见那许多人个个面上现着笑容，那沉寂如死的空气中，也装满着欢笑之声。瞧那咄咄逼人的红日，却似乎渐渐儿高了，光也似乎渐渐儿淡了。头上又有一个弹丸，电光也似的闪过，嗤的带着一种喜悦的声音。

第二节

　　第三天滨暮时，我们已开始第十二回的攻击了。军中单看三尊炮，旁的都已不能用。全军中大将、军官、兵士，也只有八人。我就是这八人中的一分子。我们一连经了二十个钟头，没有吃过一些儿东西，没有睡过一分钟。三日夜包裹在药云弹雨之中，和天日隔绝，和人世隔绝。成日成夜的憧憧往来，和疯人委实一模一样。瞧那些死的倒很有趣，直僵僵地躺在地上，不知道他们在那里做什么好梦。我们只多了一口气，偏偏没有他们那样安适自在，日夜的忙个不了。哭一会，讲一会，笑一会，委实和疯人一模一样。

　　到底是哪一夜，我记不清楚。大约是第三夜或是第四夜的那夜，我吐了一大口气，伏在一堵短墙后边，想打个盹儿。不道两眼一闭，那一幅画又现在面前。墙上糊着的浅蓝色的纸儿咧，桌上放着的水瓶咧，那一间隔室咧，一一在眼。只依旧望不见我亲爱的老婆和我亲爱的儿子，不过那一只小桌子上，却点着一盏绿色罩的灯儿，放出一道绿幽幽的光儿来。分明是黄昏时候了。

我张开眼儿时，只见天上一片漆黑，却现着一条条美丽的云纹。闭眼时，便又瞧见那蓝色纸和水瓶。心想我儿子每天傍晚便须睡的，此刻不知道睡了没有？梦儿里可见我没有？一会耳中猛听得近边砰的一响，我腿儿不觉一缩，接着便有一种惨呼之声，送入我耳。听去比那弹丸的声音，更响上几倍。我自言自语道：想来又有人死咧。但是我说时并不站起来，我这两眼只钉住在那浅蓝色纸上和水瓶上，一百个不愿意放过它们。

末后我才立起身来，踱了半晌，发了几个号令，瞧了瞧那几个面庞，试了试枪，心中却不住地在那里自问：我儿子此刻不知道睡了没有？梦儿里可见我没有？

这时猛可里下起雨来了。这一滴滴的雨，自然和家里的雨，一个样儿。不过来得甚是突兀，不知道是雨呢，还是旁的什么东西（大约是血）？我们怕受了湿，便离了炮，停了枪不放，想找个躲雨的地方。

蓦然间我面前来了一个少年义兵，举手在帽沿上，和我说："你们若能再支持两点钟，大将军便派救兵来了。"我一壁心里咄咄称怪，想我儿子为什么还不安睡？一壁毅然决然地回他说："不论多少钟头，我都能支持下去。"说时，两眼铮铮地注视着他面庞，甚是有趣。觉得这面庞分外的惨白，我生平从没瞧见过。就是死人的脸儿，也没有他那么白。我心想他一路赶到这里来，路上定然吃惊不小，所以面色如此难看。刚才他举手在帽沿上，分明是故意做出这镇静态度来呢。

当下我把指儿触了触他的肘儿，问道："你可是害怕么？"哪知他肘儿硬硬的，好似用木儿制成。听了我的话，也并不回答，只微微笑着。但是这笑的区域，单在嘴唇四边。两个眸子里，依旧满现着恐怖之色。

我又柔声问道："你可是害怕么？"他把嘴唇牵了一牵，似乎要回答出话来，不道这当儿那面庞斗的一变，瞧去已不像是个人的面庞，非常可怕。我一时也有些儿迷离恼悦，头脑不清。仿佛有一股热气吹在我右颊上，使我摇摇欲坠。张眼瞧时，不觉大吃一惊，原来刚才那个白白的面庞，已变做一件又短又红的东西，不住地喷出血来，好似那酒家招牌上所画的酒瓶，去着塞子，酒儿汩汩而出的样子。瞧这又短又红的东西上，还似乎带着笑容，似乎带着没牙齿的老婆子的笑容，这一笑便是红笑（红笑二字，颇不可解。原文如此，故仍之）。

咦，这便是红笑。如今我才明白那些断手折足、洞胸碎颅的陈尸，不过是这红笑。那天空中，日光里，全世界上，也无非是这红笑。

第三节

我听得人家说，我们军中和敌军中，已有许多疯人。疯人院也有四个已经成立了。

第四节

电线盘绕着，好像是一条条的毒蛇。我忽见一头断了，绕在三个兵士身上，把他们的军服扯一个粉碎，刺入他们的身体。三人没命地嚷着跳着，好似发了疯的一般。那时第三人早已死了，两人便想把他拽去，免得纠缠在一起。不想竟拽不开去。一会儿三人中已死了两个，单剩一人活着，依旧不住地乱嚷乱跳。再停了一下子，三人已滚在一块儿。你滚在我身上，我滚在你身上。滚了半晌，三人都寂然不动了。

有一个军官曾和我说，这种坑人的线上，已死了不下二千人。只消被这线儿一带，不论是哪一个，不能脱身。你越是跳，它盘得越紧。敌人们趁此就把葡萄弹、榴花弹像雨一般的送来。据那军官说，敌人们布着这种东西，简直是再刁恶没有的了。人家要是能够脱逃，倒也罢咧。无奈那线足足有十一二条连在一起，下边又掘着陷阱，你还想望哪里逃去，只得把性命白白送掉。

有许多人往往好像盲人。坠在那陷阱里头，底下原矗着一个尖锐的铁橛儿。坠下去时，就不免有开胸破肚之惨。心脏肺腑，一股脑儿都漏了出来。倘然立时死了，倒也没有什么。无奈总要延一会儿残喘，不住地在那铁橛儿上乱动。好像是耍货铺子里跳舞的泥人，真个可笑、可怜。每一个陷阱里，却没一个空的，总装满了鲜血淋漓的身体。有的已死了，有的还活着。每每一个阱里必有许多手伸在外边，指儿乱动，遇物即抓，很像是蟹的钳儿，抓住了东西死不放。上边偶然有人经过，衣服腿儿，立刻被他们抓住，也就一个倒栽葱栽将下去，同归

红 笑

于尽。有一辈人似乎喝醉了酒，莽莽撞撞向那线儿奔去，绊住了便乱嚷乱跳。等到一个弹丸飞来，就寂静了。

总而言之，我们这一班人不是疯人，便是醉人。有些人绊住在那线上，必要破口大骂了一场才死。有些人臂儿腿儿都已被线儿绕住，却还在那里磔磔大笑，不知道那死神已在他头上咧。

我向那军官道："这就是红笑。"他听了很不明白我的意思。一会才道："正是。他们笑个不住，直好似醉人的样儿。不但是笑，并且还要跳舞。刚才那三人临死时不是也跳舞么！"

军官刚说罢，猛可里飞来一个弹丸，恰中他的胸膛，身体晃了一晃，就倒在地上，两腿牵动了好一会，很像是戏园子里合着音乐跳舞的模样。他虽是吃了这一弹，面上却还现着得意之色。我问道："你胸膛里嵌了这一弹可是还不够，再想添一弹么？"他答道："老孩子，吃几个弹儿算什么来，我很想弄个勋章在胸前挂挂呢。"

他仰天躺在地上，面庞好似黄蜡，鼻子好似鹰嘴，颧骨高耸，眼眶深凹，瞧去活像是个尸骸，却仍在那里梦想勋章。我知道他三天后投入墓田，去和死人把臂，仍要带着笑容，口口声声地说勋章咧（按：下段与此似不连属，读者当知是疯人口吻）。

我问他道："你已打个电报去给你母亲没有？"他瞧了我一眼，满脸现着愤恨恐怖之色，一声儿也不响。我也好久无语，但闻伤人呻吟之声，声声入耳。一会我起身想走时，他忽地伸出那热热的手来，捉住了我的手，把一双红红的眼儿注着我，做出很悲苦的样子。一面用力拉我的手，一面说道："呀，这一切事儿到底是个什么意思？到底是个什么意思？"我道："你说什么？"他道："我说世界上一切事，到底是个什么意思？但是如今我阿母正等着我，我却不能回去。我实是为了祖国，她大约总明白的。"我道："这也是红笑。"他道："你又和我说顽话咧。我心里正很不自在，可是我不能亲自去和她说。不知道她可能明白吗？她寄我的信，你曾瞧见过没有？她说头发已白咧。然而你……"说到这里，瞧着我头，用指儿指着，放声笑了一笑。又道："咦，你的头怎么也秃了？你自己可瞧见么？"我道："这里又没有镜儿，哪能瞧见。"他太息道："唉，一片沙场上，已不知秃了多少头，白了多少头咧。你快去取一面镜儿来，我

红 笑　　　　　　　163

觉得自己头上，也丝丝变了白。你快给一面镜儿与我。"
这时他真像发了狂，乱嚷起来。我便没精打采地出病院
而去。

第五节

咦，那前边来的，很像是我们的人呢。十分钟后，
我们都兴高采烈，非常快乐，来的当真是我们这边的人，
他们大约也已瞧见我们，悄悄地不动声色地走来，似乎
面上都含着笑容呢。

奇怪奇怪，他们向着我们放枪了，难道是算行个相
见礼么？于是我们依旧微微笑着，似表欢迎之意。哪里
知道霎时间枪炮俱发，弹丸像急雨跳珠般飞来，死了我
们好几百人。有几个人便嚷将起来，说错咧错咧，来的
实是敌人，并不是我们这边的人。当下里就开枪放炮，
还击他们。十五分钟后，我两条腿儿，忽地和我告别，
醒回来时，已身在病院之中。

我忙问他们，这一场恶战是怎么样的结果？那回答
却推诿支吾，不甚清楚。我早已料到一定是敌军占的胜

着了，然而我私心却很欣慰。想一断了腿，即能送回家去，和老母、妻子见面，这性命能够永远保住了，能够永远不死了。过了一来复，我忽听得有人说，那轰去我两条腿的弹儿，实是我们军中的一个弹儿。那轰去我两条腿的人，也实是我们军中的一个人。只没一个人知道到底是为了怎么一回事。我听了，心中一百二十个不快。

这病院中专司割锯四肢的医生，是一个瘦伶伶的老人。一天到晚，兀被烟草气（因为他喜欢吸烟）和碳酸气薰着（因为他片刻不停地治疗病人）。所以身上每每有这两种气味，十步以外，人家就能闻着。嘴上蓬蓬松松，堆着一部灰褐色带黄色的须儿，不住地从里头露出笑容来。一天他霎了霎眼，向我说道："你倘能回家去，自然是天大的幸事，只怕未必能够做到。"我忙道："为什么？"他皱了皱眉，全身都隐在那云雾似的烟气里头，接着微唱了一声，说道："想来定然如此。要是做得到，我也回去咧。"说着，又弯了腰向着我，从那蓬蓬松松的须里透出很细的声音来道："你瞧着，总有一天，我们一个都不能回去。你也不能回去，我也不能回去，旁的人也不能回去。"一壁说，两个老眼中，流露出一派忧闷感

红　笑

165

慨之色。我也猛觉得心中无限的恐怖，仿佛我头脑里斗有千万间的屋子坍下来的样子。一时全身都冷森森地，打了好几个寒噤，低声说道："这就是红笑。"那老医生一听我这句话，立刻明白，点着头说道："不错，这就是红笑。"说时，坐近了我，举目向四下里一望，捋着他须儿，放低了声音，又滔滔滚滚地和我说了一大篇话，我听他说罢，便启口说道："达克透，你大约疯咧。"医生道："你和我也不相上下，一般都是疯人。"

那时那老医生挤紧了两个尖尖的膝盖，呵呵而笑。一会儿返身坐了过去，却依旧把两眼从肩头望着我。我也瞧着他，仿佛他刚才苦笑的声音，还在耳边荡漾。又见他向我不住地霎眼睛，好似我二人胸中都怀着什么神秘之事，不是旁的人所能索解的。半晌他才立起身来，走到我旁边，轻轻地按着我毛毡下腿儿断处，突然问道："这个你可明白吗？"说着又庄容厉色，向那些伤兵躺着的一排床榻，挥了挥手，悄然说道："这些人为了什么事，你可能和我说么？"我答道："他们都受了伤咧。"他道："着啊！他们都受了伤咧。有的没了腿，有的断了臂，有的穿了腰，有的洞了胸，有的瞎了眼。这些人为了什么，你都已明白吗？我甚是快乐，想来你都明白咧。"他说到这里，猛可的像猴子般翻了一个筋斗，把两手撑着地，把两脚竖了起来，身上穿着的白色衣，都倒了下去，两个颊儿都变了紫色，两眼却仍注着我，断断续续地说道："这个你也明白吗？"我很觉害怕，忙低声呼道："你快立起来，别闹这把戏，不然我要高声喊了。"于是他立了起来，坐在我床边喘着，快快地说道："这个怕没有人明白咧。"我悲声说道："我要家去了。达克透，我亲爱的人，我当真要回家去，这里不愿意再勾留咧。我的家，我可爱的家。"那老医生好像在那里想什么心事似的，一声儿也不响。我却哭了起来道："呀，我的上帝！我已变做一个没腿的人了。我一向很爱我自由车的，坐在上边，走一会，跑一会，好不自在。然而如今已没了腿。我从前惯常唤我儿子骑在我右脚上，我把脚儿一阵子动，他便一阵子笑。然而如今……咄，你们都是天杀的。我恨你们，我回家去还做什么事？我今年不过三十岁。咄，你们都是天杀的，我恨你们。"那时我想起了这两条强壮有力可爱的腿，不禁泪下如雨，哭个不住。那老医生忽地说道："你听着，昨天我瞧见敌军

红 笑　　　　　　　　　167

中一个兵士，飞也似的赶到我们这边来。上下衣裤，都拖一爿、挂一块的，和赤身没甚分别。脸儿饿得变做菜色，一头头发好似乱草。瞧那样儿，简直是上古时代的野人，又像是一只猢狲。他到了我们这边，便挥着臂儿，做着丑脸，怪声怪气地唱着、嚷着，说要去打仗。我们给他饱餐了一顿，就驱入田野。可是我们也没处安插他呢。一天一天、一夜一夜地过去，疯人益发多了。成日成夜地旁皇小山之中，向着东西南北乱窜，也不知道什么方向，也没有什么一定的去处。身上的制服，都肮脏破碎，面庞都狰狞可怕，瞧去活像是百鬼夜行，不像是人类。一天到晚，只挥着臂，唱着歌。有时提着嗓子乱嚷，有时仰着头儿大笑。倘然遇见了什么人，不管它三七二十一，攘臂就斗。到头来伤的伤，死的死，他们却不以为意。每天也不吃什么东西，大约同着那些野狗恶兽，争吃死人，借着医他们肚子。一到晚上，都聚在火边乱跳，好似大风雨中的怪鸟一般。你倘然在那近边点上一个火，不到半点钟光景，鬼影憧憧，一个个来了。至少总有十一二个，聚在四面，放出那可怕的声音乱喊，彻夜不休。那一班没有发疯的兵士们听了厌烦，便放枪过去结果他们几个。然而他们却依旧乱跳乱喊。"我听了这许多话，不寒而栗。掩着两个耳朵，大呼道："我要回家去。"但是这呼声也抑而不扬，好像从棉花堆里发出来的。那老医生又嘶声说道："这种可怜虫，也不知道有多少。伤的伤，死的死，疯的疯。更有好几百个，却坠在陷阱里，绊在电线上，白白送了命。有许多人，出战时往往做先锋，打头阵，战得像英雄一般，一些儿也不怕什么。末后却往往反戈攻自己的人。然而我倒也很愿学这班人，此刻我虽坐在这里和你讲话，以后也要渐渐儿的疯了。一到了完全疯的境界，我便赶入田野，大声疾呼，召集那班勇士，召集那班侠客，和全世界宣战。整了队，唱着歌，进这个村，入那个镇。我们足迹所过处，地上定要染它一个红，扫它一个空。那些活着的，便一块儿来和我们联合。我们这勇敢的大军，从此就好像山上泻下来的大冰块，把这万恶的世界，荡涤一个干净。哪一个说我们男子汉大丈夫不该杀人放火奸淫掳掠呢。"

这时那老头儿真个好像发了狂，大声大气地喊将起来，把四下里那些折腿、断臂、穿腰、洞胸、瞎眼的兵士的痛苦之梦，一齐惊醒。呻吟之声，顿时四起。那许

红 笑 169

多憔悴惨淡、黄黄白白的面庞，一个个都向着我们，仿佛刚从九幽地狱里回来似的。他们呻吟着，听着。斗见门外一个黑影，从地下冉冉而起，向这门里头探头一望。那老医生就狂呼一声，展着两臂跑将出去。

第六节

唉，上帝在哪里？法律在哪里？毕竟还是红十字确是全世界所该尊敬，神圣不可侵犯的。此刻我们这一班可怜虫，正躺在他们床上，都在那里做回家之梦呢。

第七节

一只火炉里，蒸汽蓬蓬勃勃的升起来，好似汽机一般。灯上的玻璃也暗了些。那几只杯子，依旧和从前一样，外面蓝色，里面白色，好美丽的东西。这是我结婚时我老婆的阿姊所送的礼物，她是一个很温和、很好心的妇人。

我执着一只闪闪有光的银匙，放糖在杯子里搅着，抬头问道："这几只杯子可依旧是全套么？"我老婆开了一个放水筒，瞧那水汩汩地流出来，悄然答道："已碎了一只咧。"我阿弟向着我，问道："你无端问起这个，却是什么意思？"我道："咦，没有什么意思。阿弟，请你依旧推我到书室里去。你为了这百战英雄，也不得不费些手脚。从前我从军的时候，你何等安闲，天天过这快乐的光阴。现在我回来了，你可不能再享福，我须得收拾你的懒骨头咧。"当下阿弟就把我的轮椅推着，我却唱起歌来。一面我又说道："我的朋友，我们快勇往直前，赶上前敌去吧。"他们知道我说顽话，都微微而笑。唯有我老婆却并不抬起她的娇面来，纤手中执着一块绣花的布儿，兀在那里抹杯子。我进了书室，最先便瞧见那墙上糊着的浅蓝色纸儿。接着又见那绿色罩的灯儿和那桌子上放着的水瓶儿。瓶上只微积尘埃。我欣然说道："快把这瓶里的水，替我倒一些儿出来。"我阿弟道："你刚用得茶，要这水做什么？"我急道："别管他，你只替我倒一些儿来。"又向我老婆道："请你领了孩子到隔室里去坐一会。"这时我洋洋得意，唛着水儿很津津有味似的。我老婆和我儿子正在隔室里，只是我却望不见他们。一会我便扬声呼道："好了，你进来。但是我们的孩子，此刻怎么还不安睡？"我老婆道："他见你回来，心里非常快乐。亲爱的，你到阿父那边去。"不想我儿子却哇的一声哭了，匿在他娘背后，不敢出来。我面上现着猜疑之状，抬眼向四面一望，说道："他为什么好端端地哭了起来？你们也为什么白了脸？寂寂无声，好似影儿般立在我四边？"我阿弟斗的发出笑声来道："我们简直没有静的时候，怎说寂寂无声。"我的阿姊也搭讪着答道："着啊，我们正不住地在这里讲话。"半晌，我母亲就道："我要料理夜饭去咧。"说着匆匆出室而去。我心里一百二十个不快意，怏怏地说道："从早上直到如今，你们只静着老不开口，我并没听得你们说过一句话儿。说的笑的做顽意的，都是我一人。你们可是不愿意瞧见我么？我瞧你们的视线，也竭力避着我，从不着在我身上，难道我的人已改变了么？不错，我确已改变咧。但是这里镜儿一面都没有，大约是你们藏过了，快去取一面来。"我老婆答道："我立刻替你去取就是。"哪知我老婆去了好久，还不见到来。末后才见一个女仆取了一面镜儿来给我，我取来一照，觉得和从前往火车站去时没甚大变。这面庞依旧是从前的面庞，不过略为老了一些。我暗暗揣他们的心理，想我一照了这镜儿，倘不狂呼起来，定要晕将过去。然而我却分外的沉着，悄悄地说道："我到底有什么改变的所在啊。"他们听了我的话，蓦地里哄堂大笑。我阿妹早已飞也似的跑了出去。阿弟却忍着笑说道："正是。你原没有什么改变。不过头儿已有秃咧。"我冷然道："这头儿没有碎，已是万幸，谁管他秃不秃呢。现在请你推着我到各处去瞧一趟，这椅儿甚是适意，半点儿声音也没有，不知道化了多少钱买来的。然而我倘能多化些钱，买两条腿儿来，就益发有趣咧。"咦，我的自由车，这时我一眼瞧见那自由车正挂在墙上，依旧很新。不过那橡皮轮里好久没有打气，所以瘪着，那后轮上却还附着一块小干泥。原来我离家之前，曾踏过一回的。我正瞧着那自由车出神，阿弟却也呆呆立着，一动也不动，我料想他定在那里追悼我的头发，便向他说道："我们一营里几乎个个做了沙场之鬼，但有四个军官侥幸生还，我也好算得很幸运的了。"阿弟启口道："正是。你委实好算得很幸运的了。如今半镇的人都在那里伤心下泪，单有我们一家笼着这一团喜气。但是

红 笑 173

你两条腿如何？"我忙道："横竖我不去做送信的邮差，打什么紧。"阿弟忽又说道："只你的头怎么不住地摇动，似是发颤的样子。"我道："这也不打紧，医生说就会好的。"阿弟又嚷道："咦，你的手也是这个样儿。"我支吾道："不错不错，手也有些儿颤动，这也不久就会好的。请你再推，我很不耐这静坐呢。"

好了好了，他们替我安排床褥了，好一架美丽精致的床儿，记得还是四年前我结婚时所买的。当下他们铺上了一条很洁净的被子，拍了拍枕头，翻开了绒毯。我在旁瞧着，心里头甚是得意。一壁嘻开了嘴笑，一壁眶子里却已贮满了眼泪。

半晌，我和我老婆说道："如今请你替我脱了衣服，抱我到床上去。呵呵，好一张床儿。"我老婆答道："亲爱的，停一会儿。"我道："快一些。"她又道："亲爱的，停一会儿。"我生气道："怎么，你到底在那里做什么？"我老婆却依旧答道："亲爱的，停一会儿。"那时她正在我背后，立在妆台的近边。我不能回过头去瞧她。蓦地里听得一声娇呼，那声音异常惨厉，和战场上听得的呼声一个样儿。我忙问道："奇了奇了，这又是什么意思？”她斗的跑到我身边，伸了那双莹洁如玉的臂儿，抱住了我头颈，踞将下来，又把她的蟮首搁近我腿儿打断的所在。她一见了这断腿，秋波中顿现恐惧之色，粉颈不觉缩了一缩。一会儿却又把樱唇凑将过来，并力亲了几下，哭着说道：“好好的腿儿，怎么变做这个样子？你今年还只三十岁，年儿又轻，庞儿又俊，却变了个活死人儿，这是哪里说起？那一班人怎么如此刻毒，夺去你的腿儿？你也为了什么？为了谁？到那危险的地方去呀？你，你是我可怜的爱人，你，你是……”说到这里，一阵子呜咽，便说不下去了。这一下子却惊动了我的母亲、阿妹、看护妇，一齐赶了来，却又一齐匍匐在我足边哭了。我阿弟立在门限上，脸儿也惨白如纸，牙床骨颤动着，锐声喊道：“我也要跟着你们一同发疯咧，我也要发疯咧。”停了一会，我母亲才立起身来，扶着我轮椅背，气嘘嘘地喘着。可怜她已无力再哭，只把头儿撞着椅轮，撞个不住。我面前却就是那只四年前结婚时所买的床儿，又精致，又美丽，那被儿、毯儿、枕儿都经过我娇妻玉手，治理得齐齐整整，瞧去还似乎现着一种得意之色。

第八节

战事未发生时，我是一家报馆里的一个编辑，专门评阅外国的一切文学书籍。现在我对着那一叠叠秋山般乱堆着的书籍，瞧着那蓝色的、黄色的、棕色的封面，我心中还有些儿恋恋。想这许多可爱的朋友，从前是晨夕把臂的。战云起后，彼此一别，好算得已久违了。这会无恙归来，又和他们相见，我心儿里直快乐到了极点。虽是不耐烦去读它，却也不知不觉地伸出一只手来，把这五指亲亲热热地去摩挲了一遍，面上也微微带着笑容。

我对那些书瞧了一会，自语道：从今以后，我抛却了枪刀，依旧要和这笔床墨架亲炙了。于是拈起笔来，铺了一张纸儿，想写上一个题目。但是下笔写时，手儿直好似田里的蛙，被线儿缚着，很不得劲儿。笔尖着纸，立刻就碎，勉强写成了，也弯弯曲曲，不成字儿，连一句的意思都没有。我仍把手伸在纸上，也不喊，也不动，背梁脊上已觉得冷森森的。自知此身已变了废物，眼见得这手儿兀在那雪样白的纸上跳舞，五个指儿不住地乱颤，我心中忽地生一种奇怪的感觉，仿佛此时又身在战场之上，眼中瞧见的是血光火光，耳中听得的是枪炮声、呻吟声。只是我两眼仍瞧着这手，好似那指儿已变做了人，有耳目，有口鼻，有手足，兀在那洁白如雪的纸儿上跳舞。

书室中阒寂无声，沉沉如死。原来他们知道我在这里一心一意地著书，因此上把那内外的门儿都关了，使外边的声响，一些儿也不透进来。于是我独拥一室，身儿不去写字桌一步，手儿不离纸，眼儿不离手，只是写着，只是瞧着。

我眼瞧着这颤颤的手，高声呼道："不打紧不打紧。我手儿虽不能写，难道不能口述。不见那大著作家米尔顿，不是瞎了眼儿还做一部《天堂重到记》么。好好，以后我只需脑力强健，能够思想，旁的还怕什么来。"我这呼声，直破书室中万寂而出，空空的好似疯子的声音。

当下我就想做一句长句儿，说这瞎眼的米尔顿。哪知字儿前后颠倒，凌乱无次。虽然勉强做成了一句，无奈是立不牢的，仿佛把铅字排在一个烂木印架里，字儿一个个都落去。想到了后半句，却又把前半句忘却。千思万想，总记不起来。一会我又想好端端怎么想起那米尔顿来，然而也百思不得其解。

我喃喃地说道："《天堂重到记》，《天堂重到记》。"谁想反复念了好儿遍，仍不知道这五个字是个什么意思。这当儿我就觉得自己的记忆力也薄弱了，脑儿似乎已出了我的头壳，心儿似乎已不在我心房里。就是造一句很简短的句儿，也不免把字儿忘却。有时偶然想起了一个字，只苦苦地想不出它的意思。我到了这百无聊赖的时候，便想我每日如何度日。居然被我想起来了，天天过这很短的日子，光阴易过，白日笑人。镇日价若有知觉，若无知觉。若愉快，若抑郁。断了这两条腿，不能自由行动。但是这两条腿怎么断的？在哪里断的？却又不知道。

我要唤我老婆，却忘了她的名儿。从前碧纱窗下，低唤小名惯了的，如今竟喊不上口来。这个我倒毫不在意，想不唤她名儿也使得。当下我便柔声喊道："老婆！"哪知道喊声渐渐儿死去，却不听得有人回答。书房的四角，依旧冷清清的像个坟墓，又像是个著作等身的大博士的著书写经之地。原来他们知道我近来好静，所以绝足不来打扰，连半些儿声音也不敢做出来。这时我不觉穆然自念道：亲爱的人，你们何等的体贴我啊。

呵呵，今天我忽地发生了一片"烟士披里纯"（INSPIRATION）①，发生了一片高尚纯洁神圣的"烟士披里纯"（梁任公曰：烟士披里纯者，发于思想感情最高潮之一刹那顷），朝日一轮，从头顶上朗然拥出，放那万道明光，照遍大千世界。刹那间天花乱坠，仙乐飘空。花啊乐啊，使我悠然神往，我于是足足坐了一夜，足足写了一夜，也不觉得疲乏，也不觉得困倦。只随着这高尚纯洁神圣的一片"烟士披里纯"，上九天，下九地，呵呵，花啊，乐啊，使我悠然神往。

第九节

上来复的来复五日，我阿兄快快乐乐地死了（这是书中主人阿弟的口吻）。据我想来，他这一死，委实是无上的幸福。可是一个生龙活虎似的人，倏地没了腿，失

---

① 即灵感。

了心，成日的如醉如痴，过这凄恻的光阴，如何能够耐得。他从那夜动笔之后，一连写了两月，身儿从来没离过那椅儿，一切饮食也都屏绝不进。有时我们把他从写字桌畔推开去，唤他休息休息，他就大骂大哭，闹个不休，一天一天过去，依旧不住地写，动着那支干笔，其疾如风，写了一张，又是一张，手腕欲脱，不肯略略停顿。入夜也不想安睡。有两回多谢睡药，使他安睡了几个钟头。哪里知道到后来睡药也失了效力，吃了许多，仍不能入睡，一天到晚，一晚到天明，只坐在那写字桌畔，又吩咐我们把那各扇窗上的窗帷垂下，不许阳光入室。一灯荧荧，也成日成夜地点着，不许熄灭。他就在这灯光如豆之下，一壁吸纸烟。写了一张，再写一张。吸了一支，再吸一支。

他每天倒似乎非常快乐，面庞上神采奕奕，毫无枯槁憔悴之色，好像是个先知或是大诗家的面庞。不过头上的头发，已丝丝白如霜雪了。过了一个多月，他手里仍拈着那笔，不住地写。往往笔尖刺在纸儿里，断成两截，他却不管，依然写下去，把纸儿划了个粉碎，方始再换一张。我们天天也不敢去动他一动，要是一动他，便不得了，若不仰天长笑，就伏地大哭。但是有一两回却也停了笔，温温和和地和我讲话。每问我道：我是谁？我换作什么名儿？我从哪一天起始从事于文字生涯的？

可怜可怜，他早把他老婆、儿子都忘怀了。就是那血飞肉舞的大战争也记不起来。先前暴躁的性儿，却已消归乌有。我们当着他讲话行走，他也好似并没瞧见，只管写他的字。不过面上总流露出一种异状，一到夜中万籁俱寂的时候，就狂性大发，甚是可怕。唯有阿母和我敢去近他。一回我见他往往拈着干笔写字，想换一支铅笔给他。一瞧那纸上所写的，却横七竖八，弯曲断续，哪里还像什么字儿。一夜他忽然静悄悄地死了，那两月中悲惨恐怖的生涯从此结束。

我从阿兄死后，就把他从战地回来时和我所说的话，一一记了下来。沙场上惊心动魄的惨状，都是实录。一字一句，也都照着他的话，不敢窜易。杂乱无章，听其自然。可是他所说的话，简直句句是血，语语是泪。我写了下来，原也不求世界大文学家加以奖饰，只望普天下仁人君子，为了我亡兄下几点矜全人道的眼泪。

我和阿兄素来相爱。自从他撒手人天之后，好像有一块挺大的石头，重重地压在我脑儿上。如今我索然独处，顾影生悲，似乎瞧见那战云密布在我面前，现着一个可怕的鬼脸。又似乎瞧见一个没头的骨骼，骑在马背上，向我急驰而来。又似乎瞧见无数的黑影，从层层黑云中出现，把这偌大的世界遮住。我瞧了不由得不心惊胆战，魂儿飞上半天。

我不知道这战争到底是什么东西，我也要像我阿兄和那千百个从战地上侥幸生还的人，渐渐儿地发狂咧。我天天总想跑到通都大道上去，跑到市廛广场中去，当着千万的人，振喉大呼道："快些儿立刻停止战争，不然我定要……"

唉，我要怎么样呢？我可能借这三寸不烂之舌，说动他们的心么？然而他们听了战地上千万人的呻吟声、惨呼声，心儿动都不动。如此我跪在他们跟前，流泪哭诉么？然而千万人的哭声震天，几乎使全世界上都有回声，他们却装着耳聋，只做不听得。如此我拼了这条命，死在他们足下，激他们弭战么？然而战场上每天积尸如山，他们见了，何尝想着弭战来！

如今我唯有恨，唯有怒，唯有召集了世界上无量数哀哀无告之人，烧掉他们的屋子财产，杀死他们的老婆、儿子，下毒他们所喝的水、所吃的东西，更掘起坟下无量数战死在沙场上的尸骸来，抛在他们的屋子里，抛在他们的床上。

（选自《欧美名家短篇小说丛刻》，中华书局 1917 年版）

定　数

〔法〕巴比塞　原著

　　那空无一物的墙壁上有一扇窗子，开出去便是一天夜景，像一幅没有边际的图画。靠窗有两个老友的脸，像石像般不动声色。

　　他们在一块儿度日，同入阳光中，同入黑阴里，也同在一座屋中等光阴过去，他们闲着没事便时时相对谈天。

那陶密尼老人讲完了一节甚么事，说道："甚么事都有错误，唯有定数这东西是不会错的。"格劳德老人却答道："这话不对，定数有时也要错误，和旁的事一样。"陶密尼老人回过来，向他的老伴①瞧，似乎怜悯他，又像是小觑他，然而不露出一些诧异的神情。

格劳德老人摇着头和那一条条筋骨绽露的脖子，又把那只木柴似的手拍着膝盖说道："还有那种难修补的事，到底修补好了。"陶密尼吐了一口气，把那血红眼眶中的一双老眼向天望着，以为他老伴也在那里胡说咧。

格劳德道："有一回我娶了蓓娜亭，先前我本来已忘怀她了，但是有一天我瞧见一个女孩子，很和她相像，我第二回瞧见她时，更使我完全想起她来，于是我就娶了她。但在两个月之前，我曾把一个枪弹，打破了她老子的脑门。"

陶密尼蓦地害怕起来，怕他老伴是发了疯在那里梦呓，因便猛颤着问道："唅！格劳德，你可是睡熟了么？"格劳德道："不！是我在这里思想，并没睡熟。我

---

① 指"老友"。

原好好儿地娶那女孩子，我也曾把一个弹子嵌进她老子的头额。那女孩子原是很爱她老子的，这一下子可真不幸咧。"

陶密尼镇定了些，说道："这事的时期，去今可是很久了。"格劳德道："正是，事儿相隔已久。如今由我口中说来，倒像是说别人的事，然而一闭眼似乎还在眼前。"

当下格劳德甚么事都已记将起来，舌子很活动地说道："白巴老人是很精明、很诚实的，他不愿意我娶他的女儿，因我是一无长处的人。我原是一无长处，但我很爱他的女儿，就这一件事，却是我的长处。我被那女孩子迷惑住了，比什么事都利害。后来他年华渐老，到如今可已死了好久咧——陶密尼，你须听我的话！"

陶密尼道："我理会得。"说着，更挨近了些。

格劳德道："那时他老人家很不愿意，他左右的人都设法打动他的心，他却假做不听得，装作不明白。他们也不敢多说，因他生性暴躁，动不动要生气，生得又强壮有力，两条臂好似善斗的力士，两手又像工具般坚硬。有一天我自己斗胆去和他开谈判，态度和口气都很和平，谁知他老人家竟把我掷将出来。那美貌的蓓娜亭躲在厨房中一边壁角里，把拳儿掩着脸，兀在那里抽抽咽咽地哭。我又害羞，又没有能力，几乎要发疯了，便暗暗自语道：'我只索自杀，可是我一生的快乐和幸福都操在那力大如牛的老魅手中，还有甚么希望？'一见了人，我总又觉得忸怩不安，不如结果了性命，图个安乐。我便装了弹子在我的枪中，拣了一个风清月白的良夜，像痴情人一般直赶到乡野蒲立克村一角的近边，在路边坐了下来，干这自杀的勾当。但我还没有握住那枪，猛地里瞧见一辆马车辚辚地过来，我心中刷的一动，知道这是老白巴的车子，我便又记起每月这一夜，他老人家惯常送一袋钱去给戴姆卜利夫人的。那马慢慢地走着，车子很近地走过我面前，我瞧见他那个伟大可恨的身躯，微微俯向前面，他那高大的鼻子、一大抹的尖须和那蛮野可怕的体态，都在暗中显出轮廓来，活像是一个黑种王。我眼瞧着这个逼我失望的老魅在面前走过，心上不由得充满了一派说不出的愤怒，我立时跳起身来，照准了他额角，砰的把枪放了。他一声儿不响的把上半身扑将下去，恰伏在马臀上，马吃了一惊，向前飞奔，转了个弯，直奔到五十步外的罗维欧田场中去了。我飞一般逃了开去，昏天黑地，也不知道自己做了怎么一回事。但我至今还记得那夜穿过树林，跑过田野破除一切可怕的障碍，——都像是昨天的事。我还记得那夜逃时，竟逃到了他们屋外，等到我觉得时，就被一种吸引力吸住了，我定要见那爱人一面。从她的窗中瞧进去，料想炉火通红定然映出她的亭亭倩影。打定主意就沿着墙壁走去，微微地喘息着，转过墙角，咦，那窗子恰好开着，她正立在那里，把两条玉臂搁在窗槛上，玉脸白白的，好似一个安琪儿一般。她似乎还遇了甚么得意的事，模样儿甚是快乐。是啊，她正在微笑，她见了我便低呼一声，交捧着一双手，瞧她更得意了，那笑容也越发甜美，接着便向我说道：'上天派遣你来的，父亲已答应了。他老人家见我挨着痛苦，便大发慈悲，蓦地说："使得使得！"他刚才出去时，还说："依你依你！"'说时更格格地笑。我听了他这番话，连喊也喊不出来，我的气塞住了，眼前瞧不见了，我自己也不知道当时怎样地走下去，怎样地走出她视线，又怎样逃开去的。我只记得回到家里的当儿，一手向前摸索，一手紧握着我的枪，这时这一柄枪可是我唯一的宝物了。我到厨房中，也不点火，也不张开眼睛来，我找到了那弹子，就放在枪中装好了，这其间大概又有定数咧，我要自杀，却又不许我自杀，那枪放后，竟没有打个正着，只觉得热风熏面，把一绺头发轰去了，我打了个旋子跌倒在地。自以为我已死了，但我仍然活着。我在午时的阳光中醒回来，微微地呻吟，耳边有营营之声，但那门外也正有嘈杂的声音，原来有一大群的人聚在那里闹。正在这当儿，约翰把拳头来叩我的门了。他是我的长兄，后来到了高年死的。他接着又是一拳，把门打开了，探进脸来嚷道：'老白巴昨夜在路上给人谋杀了！'

我立时变了色，退到房间的壁角里，破口喊了一声道：'呀！'

约翰又道：'有两个万恶的吉普赛人干下这件事，仗着那劫去的钱袋做导线，把他们拿住了，甚么都已供了出来。据说在那村庄的尽头处攻袭那老人的车子，老人背上中了十个刀伤，顿时杀死，那边还流了一大抹的血，他们却仍把他放在车座上，赶那匹马向前奔去，过了好久，那马奔到白立克村转角上，冲入罗维欧田场中

去了。'

　　我并没有杀死他老人家，因为他早已死了。杀死一个死人，算不得一句话。你不见么？这其间有定数在着，但这定数也算错了？"

　　　　　　　（原载《礼拜六》第131期，1921年10月5日出版）

疗贫之法

〔英〕培来潘恩　原著

　　早上很清爽，很凉快，预示大热天随后要来了。那沉沉欲睡的村中、街上简直没了人影，四下里也没有甚么活动的东西。只有那屠夫的车子，往往比旁的车子活动。孩子们都在学校里，年老的人，立在他们门口，等有行人走过时，便对他说天气要热起来了。

　　一个清洁而瘦小的老婆婆，从街头一所清洁的小屋子里走出来，走过了屋前一片清洁的小园子。伊在门口立住了，对伊的猫说，不该跟着伊出来。那猫甚是着恼，也不愿和伊同去了，于是伊自管出去。伊那怯生生的而又坚忍的脸上，微含笑容，手中紧握着一个皮手袋。

伊微笑着一路走去时，人家也报以微笑，无论哪一家门口的人，都能告知你伊是谁，而曾做过许多好事的。伊小小的进款，自己用得很少，多半耗费在别人身上。谁害了病，伊便去做义务的看护妇。谁穷得没有钱使，伊便去做乐善好施的银行家。每在街中遇见了个小孩子哭着，便不由得停住了脚，瞧是为了甚么一回事，可能帮助一下不能。

那候补牧师是个模样儿很愉快而黄铜色面皮的人，立停了和伊作简短的谈话。伊确知日内不会有雨，伊正有一束海菜晒着，临了儿这谈话便转到教堂中的事业上去。

候补牧师道："我估量你老人家可又是照常出来做好事么？"那老婆婆的脸色变了，一会儿似乎现着又怕又恨的神情。伊说道："这样我也没法了，我虽做了好久的好事，而各处仍是挨着苦痛，要设法减除。正好似拾起了一粒粒的沙，而要打扫那偌大的沙漠一般。只有一件东西——"

伊斗的截住了，打开了伊的手袋，取出一匣糖果来，很恳切地问道："你可要吃一个么？"候补牧师道："多谢，我是从不吃甜食的，况且我也不该抢他们小孩子的爱物啊。"

伊走前去时，那候补牧师又停着脚，向伊的背后瞧，伊当真有些儿可怪。

到了街的尽头处，伊遇见一女孩子正在哭着，听了伊自述的话，才知是为了牙痛很厉害，学校中的教师，许伊离校回去。那小老婆婆说道："知道了，吾爱，你拔去了这个牙，而别的牙仍要痛，再有别的牙也要痛。世界原是这样造成，原也是这样进行的，但你吃一个吧。"伊又取出那匣儿来，那孩子取了一个，向伊道谢。

出了村有一个极有判断力的化子，见这是个很好的机会来了。他说了一番很清楚、很刚毅的话，说是从孟吉士德步行到这里，三天没吃东西了，上帝知道，他只要能找到一件事情做，也很愿意去工作的。那老婆婆便给了他一个先令，说道："我的人，你这事情是很可悲的，我可也没有法儿想，这一个先令于你并无实惠，明天或后天你早又一样的穷苦，一样的饥饿了。除非——但你可要吃一个糖果么？"

那化子迟疑了一下，好在伊已给了他一个先令，他也不妨迎合伊的意思。于是从匣中取了两个糖果，丢在他那又大又龌龊的口中，举手触了触他的帽子。

那老婆婆仍一路走去，再过去些，伊遇见一个妇人，是个儿女太多的母亲，兀自在那里抱怨着。老婆婆听伊诉说完了，便道："是啊，正如你所说的，世界中苦痛太多，我可没有这能力去破除，但我以为你该吃一个糖果。"于是又从那手袋中取出糖果匣来。

伊回去时，又走过那化子了，他躺在篱下，早已气绝。伊立了半响，向着他瞧，只是现着蔼然之色，而并无恐怖。接着便回到那清洁的小园子里清洁的小屋子里去，伊就坐着，等警察到来。

他们当然送伊往白洛马监狱去了。

（原载《良友》第 11 期，1926 年 12 月 15 日出版）

杀

〔法〕穆丽士罗士堂　原著

近代法兰西文坛上，其以戏曲负盛名者，有爱德孟罗士堂（Edmond Rostand）。《享德格勒》（*Chantecler*）一剧，蜚声欧洲久矣。有子曰穆丽士（*Maurice*），擅小说家言，亦有声，一时称两难，盖犹百年前之仲马父子焉。斯作英名《我所杀之人》（*The Man I Killed*），言欧洲大战中一轶事。深慨于战时杀人喋血之惨，遂以杀一敌人为有罪，真仁者之言也。今吾国武人肆虐，黩武穷兵无已时，驱全国之父子兄弟，互相残杀，震旦家家，悉沦陷于血海泪河之中。其为祸之惨，实亘古所未有。吾诚愿国人咸一读斯篇，憬然有悟，亟起而作弭兵之运动也。

江浙开战[①]后之第十五日瘦鹃识于紫罗兰盦

神父，我已杀死一个人了。这回事早已做下，再也不能改变了。像这样的罪，任是上帝之力，也无法解脱。即使可以补过或忘却，然而终于不能抹去了。这一回可怖的动作，永永存在，再也不能从上帝所写运命的碑上擦抹掉了。

我杀死一个人，这一件神秘奥妙的东西，叫作生命，是多忧多虑很脆薄很不可思议的东西，一切科学都不能维持的，仗着名誉能使他不朽，仗着情爱能将他转移，我却在一挥手间把来毁灭了。这几百万分钟所缓缓

---

① 　1924年9月3日江浙军阀战争爆发。

建设起来的，我在一秒钟间破坏净尽。这凡百人类所力图保存的一件宝物，我竟在一秒钟间打消了。

寻常的杀人犯，总得抵偿他所犯的罪。他要是捉拿住了，就得受罪。倘没有拿住，也得苦苦地躲藏。他在世之日，常被危险所逼吓，从此没有一丝生趣。那么也就为了他所做的事，受了惩罚了。牧师先生，然而我却不像那旁的杀人犯。我杀死了一个人，却没有人恫吓我。我杀死了一个人，却自由自在地走开了。

我的罪是无可宽恕的。我一个人都不爱，我也不爱他，因为我是杀死他的。我并不认识他，我也并不为了嫉妒或为了情爱的事杀死他。只为有人对我说："杀！"我才杀他了，只为那礼拜堂中的钟，鸣着这号令道："尔当杀。"我才杀了，你礼拜堂中的钟，也是这样鸣着。

我并不恨他，我只瞧见他一次，是第一次，也就是最后的一次。他对我瞧，也只是他最后的一瞧，很勇敢，很凶猛。我觉得他的灵魂似乎超出于语言之上，直穿透了我的灵魂。我永永不能忘却他那最后的一瞧。我至今还没有知道他是表示哪一种意思，是表示临死时的深忧呢，还是为了见我残杀，表示深切的悲悯？

也许是把他这双垂死的眼睛，穿过了现在，瞧到未来，瞧见我未来所受的种种苦痛。每夜总教他惊醒了，不能熟睡。长长的日中，也总被他那最后的一瞧打扰着，不能安贴。

神父，你甚么都已听得了⋯⋯

我记得那天，我记得那天的日期，那一张脸，在旁的许多脸中显现着，因此别的日期和那一天一比，就觉得黯淡了。那天也不过是秋季的一天，似乎没甚希罕，然而比了别种记忆都觉得明白些。那天是一千九百十五年十月二十二日。

我照常的起身了，天空中没有甚么遮掩，云影像尘埃般浮动着。

先还并没有进行攻击的事，我们刚接到了邮件，然而这都没有关系的。一切事情，却凑集于半点钟中，很短促，很可怕。攻击令已下了，我们从地下的泥窟中爬出来，前去和敌军接触。于是到了那时间，我放枪了。我瞧他跌倒下来，眼见他受着那种自己知道被杀时的惨痛，倒向他的脚边，早就掘好他的坟墓了。当下我便走到他那边去，见他躺着不动，倒在一株不动的树脚下。

瞧去很像是另外一株树，连根拔起，僵卧不动了。我不知怎样，近边只有我们两人。旁的人都已赶向前去，在别处肉搏了。但他已瞧见了我，他已知道并不是牺牲在一个流弹之下的……他知道是我施放这一弹的，他在去世以前，便眼睁睁地对我瞧着。这一瞧，时间很短，他那两眼中却包含着无声的哭喊。

这回事发生得很快，很自然。一个人犯了这样最大的罪，却似乎没有甚么关系的。在他跌下去的地方，我瞧见了他姓名的签条，就从他腕上卸下来，加在我的腕上。我自己也不知道为甚么如此，一切事情都像是梦境中的一节，做这梦的也不知是谁。

于是我不一会也受了伤了，失去了知觉。醒回来时，已在亚米恩的病院中。这时期间空空洞洞的，我甚么都不记得咧。

然而我头脑一清醒时，就想到他了。他的脸，像他临死时那么现在我面前一张脸，是他的脸，他那一双灰色的大眼珠，像雾气般嵌在那眼睫的中间，右太阳穴一条蓝色的回血管，直达到他的脑府中。

我们所爱的一人倘失去了，我们苦苦的要把他的脸记在心坎中，往往像流水般一瞥而逝。但是他的脸偏清清楚楚的留在我眼前，也唯有他的姓名，从过去的黑影中涌现出来。此外有好多人的姓名，我所应当记得的，却都模糊不清，仿佛用不旋准的望远镜，望那海中岛屿一般。而在这好多化为乌有的熟姓名中，惟有一个姓名，很孤寂，很惨恻，而又像归罪于我似的，突起在前。这一个姓名即是他的姓名，一刻比一刻的清晰了，就叫作：

欧孟方胡德林。

那一个日期——一个姓名，就把现在的我完全拘管住了。每分钟中，总有这姓名和这日期不住地鸣着，比一切愉快之声都响亮，比一切悲惨之声都深沉：

一千九百十五年十月二十二日！
欧孟方胡德林！

旁的杀人犯，总在事前先知道他杀死的是谁，并且也知道为了甚么杀的。但我事前却不知道杀的是谁，为甚么要杀他。到得我一犯了这罪，就不知怎的竟不能安安静静地过活了。我总要探明他是哪一种人，他又住在哪里的。牧师先生，你听明白了？

但我怎样去探明呢？经过了好多日、好多夜、好多年的苦痛，我就决意到德意志去，也许他的诞生之地足以助我探明一切……我是一定要知道的，可是我既知道了那死者的姓名，还记得他的声音面貌，而偏偏不知道他是怎样的人。我想到这里，觉得竟不能活着做人了。

神父，你瞧，倘我们的枪弹、炮弹和我们的攻击，是在一次无名的混战中施放的，那么这罪不是我们个人的罪，我们不过在国家所犯的大罪恶中，做盲从的杀人者罢了。然而我是明明瞧见他的，他的眼睛曾和我的眼睛互相接触，我曾听得他的哭喊，因此我个人就有了罪了。这并不是一国利用着我服从的手臂，将他杀死，实在是一个人杀死别一个人。那时我尽可停住不放枪，免得犯这不可弥补的罪恶。然而我却不肯停住，我就犯这罪了。我杀死了人，政府中虽奖励我，各国虽赞美我，礼拜堂虽被除我的罪——我却仍是一个罪人。

我原知道他是属于一个敌国的，我也知道要是我不杀死他，他要杀死我的，我也知道我们是奉令作战，彼此像不能相容的星一般……然而我曾瞧见他最后的一瞧，永永不能忘却。我即使可以提出宽恕我罪恶的种种理由来，只是未免侮辱了他。他如今是我一切思想所专注的东西，我挨受一切苦痛，都为了他。在他更是可怜，因为他是被我杀死的啊。

我所得他的唯一线索，便是他的姓名……但我怎能从德意志全国中去探寻他出来呢？我很着力地检查各地的人名地名簿，有一个胡德林，曾在海德堡大学念过书的。可就是他么？此外纽士达也有几个胡德林，德来士屯也有几个胡德林，柏林也有几个胡德林，他又属于哪一处的呢？一天，我决意写一封信，寄予住在柏林的一个高志方胡德林。信中假做说，我在战前曾认识欧孟，很想再和他一见的话。

于是回信来了，那信中说道："欧孟方胡德林是我的侄子，他是我哥哥的儿子。如今我哥哥正和他夫人住在华恩河上的奥白威士村中，他们自儿子死后，便退居乡间了。欧孟是在一千九百十五年十月间在法兰西的铁鹿附近战死的……"

这分明是他了。

这信是写给我的，写给我这杀死他的杀人犯。他也许是一个独生子吧。他们二十多年来所爱护抚养的人，我却在一秒钟间把来毁灭了。这话是真的，爱情无限，痛苦也不分国界。

我便往奥白威士村去了。

神父，我到那村中时，天已入夜了。那大河的两岸，似乎腾着夏季的余炎。我曾瞧见那圣威纳礼拜堂的残址，红石凿成的穹门，似是血染的一般。这里已是奥白威士村了，欧孟一定是常在这里消夏的。他在孩提时，就跪在这圣坛之前，即是我此刻预备祈祷的所在。我在这礼拜堂中逗留了好久，然后走到堂院中去。但我却不能祈祷，另有一个妇人停留很晏，用面幕遮着脸，这多分是他的母亲……

我寻到他们的住屋了，是在森林近边的一带屋子中间，但比别的屋子似乎更暗些、阴森些。有一次我曾在这屋子四周徘徊了好几点钟。

一天黄昏六点钟时，那门开了，一个全黑的人影出来了。他离开门口，似是一大片枯叶，从树上飘落下来似的。伊向着我这边走近，走过时，几乎接触到我了。那两道眉和眼下的黑影，因着那面幕，更觉得浓黑些。瞧那脸的全部，在嘴唇边，现着一种悲悯之状——这正是我那天早上在铁鹿所瞧见的那张脸，这正是他的母亲了。伊缓缓地走着，双手捧着一本祈祷书。伊到哪里去啊？天色差不多暗了，那晚风玩着伊的面幕，瑟瑟地飘动。伊还没有从深忧中回复过来，仍是陷在无底的忧窟里，直把伊磨折得衰弱不堪了。伊正在想念他，我们俩的思想似乎正混合在一起。

这里是我们两个人，伊是生他的，我是死他的。伊是他的建造者，我是他的毁灭者。

那门随后关上了，伊转向镇中走去。我不知怎的跟随着伊。伊走向礼拜堂，只并不进去，一径走到坟场中。伊在那许多坟墓中间走得很快，这些坟墓好似一排阴冷的小屋，伊分明在这死城的邻近走惯了。我在伊后面跟着，蓦见伊停住了脚跪下地去，抽抽咽咽地哭将起来……

一片素净的白石，像一个瘦削的身体般，平卧在那里。四下里围着白杨矮篱，此外没有甚么了。单有一块大理石竖在那里，纪念这阵亡的战士欧孟方胡德林。我立着读那石上的字，这些字已在我灵魂中刻过了一千次了：

欧孟方胡德林

一千八百九十一年——一千九百十五年

伊低头哭着，伊的眼泪流入黑夜之中。这里似乎正流着天下慈母的眼泪，不问甚么地方，不问甚么时期，似乎把伊们所流的眼泪，都荟集在这一个慈母的眼泪中，落在这冷寂的坟墓上。时在静夜，地在僻处，又有那杀人的人在一旁瞧着。

伊先还没有瞧见我，直到转身出去时，才瞧见我了。伊的面上陡的起了一种奇怪的神情，多分是为了受苦已深，不能再有甚么惊动伊了。伊似乎向我走近了些，接着便低声问我道："你认识他吗？"

我撒谎回了一声："是的。"我便和伊结识，我直打到伊忧郁的中心了。

伊又喃喃问道："你认识他吗？"我这杀人犯便又回

了一声："是的。"我不是当真认识他么？除了他母亲以外，还有谁把他的脸刻在心坎上，比我更深呢？伊瞧他生，我瞧他死。我曾杀死一个人了，撒谎又打甚么紧？当下我便说，他曾到过海德堡，我也曾到过那边，就在那里遇见他的。我借着这撒谎做了幌子，便入到欧孟方胡德林的屋中。

神父，这几个礼拜中的生活，没有甚么可以描写的了。我是一个生客，是一个仇人，但他们却不管，只当我是他们儿子的朋友。我是认识他们儿子的。

他们依恋着我，似乎依恋他们青年的儿子。我简直变成他们生活中的一部分了。

我从没有见过那种深刻的隐忧，像表示在他父亲脸上一样的。他的模样儿，很像是那文豪老贵推，蓬乱的白发，拥着他黯淡的脸面，像是加上了一个框子一般。我从没见他那双清明的大眼睛中，有过一滴眼泪。然而他除了诉说积忧以外，竟没有别的话可说。他屡次对我说，如何接到那噩耗的电报，但从不曾提起那死的日期，便是他夫人也绝口不提。

他们老夫妇俩似乎要隐瞒着这个日期，年年此日，就由他们俩作深切的悲悼。但他们总不住地讲起欧孟，更讲起欧孟的少年时代。欧孟是很爱音乐的，喜弄繁华令①，自他死后，便没有人去动他的繁华令。他们二老也不忍再听音乐，每逢假期，总把窗子关上了。

老亨士加士伯喃喃说道："你还没有知道他何等的爱音乐咧。他是何等地爱着，每天黄昏时，他母亲和我往往坐在这里，他便弄着繁华令，奏一曲穆石儿氏的乐曲。十分神妙，真足以打动人的心弦……"

神父，我永永忘不了亨士加士伯说话时的那张老脸咧。任是一切名誉、一切荣光、一切事业足以使历史增光的，比了这一张痛苦无限而不肯哭的老脸，都算不得一回事。

亨士加士伯逐渐逐渐地亲近我，端为我说是认识他的儿子，就像有一个结儿般把我们俩缚在一起了。并且我的年纪，也足以使他记起自己的儿子。我们每在奥白威士花园中散步时，阳光照在我们背后，我的影儿很像是欧孟的影儿，我简直在他的死影中走着。

---

① 指小提琴。

于是我便都知道他的一切事了。神父，那亨士加士伯在忧郁中虽很见得柔和，但我觉得这老人也正恨着法兰西。他那衰老的身体中，正有一种国家的骄傲心和隐忍不发的仇恨心，在那里活动着。有时往往暴露出来，即忙制抑住了。但在愤激放言时，听去很可明白。我既知道了亨士加士伯有这种敌忾之心，便料知他老人家要是在欧孟的年纪，那一定也要冷冷地荷枪出战。我所杀死的，可就是他了。

神父，我对你说，欧孟的父亲和母亲，从没有和我说起他的死日，他们兀自隐藏起来，藏在他们的心坎中。一天，正在十月之末，我到他们的屋中去。他们二老本来惯常在楼下面园的一室中会见我的，今天却不在那里。欧孟的母亲惯常坐在那大藤椅中，听伊侄女安琪丽嘉高芙曼朗朗读书的，今天这藤椅也空着，安琪丽嘉也不在那里。伊是一个金发白脸的小女郎，瞧去很柔弱，却又很强健的。我觉得伊在这莱茵河一带梦境似的地方，很像是故事中伤心的嘉绿德女郎。

我迟疑了一会，不知怎样才好。在客堂中等了几分钟，却见安琪丽嘉高芙曼出来了。

我从没有见过伊的模样儿是如此的，一张嫩脸，白如梨花，倒像跑得太急了似的。伊靠在门边的墙上，立一立稳，身上穿一件黑色的绒布衣，把伊的脸色衬托得益发白了。

伊立住了，一见我似乎很讶异，伊的态度上又似乎表示一种处女的羞涩，大凡女孩子在这快要成年的当儿，总是这样的。然而在伊的四周，却总腾着一派阴沉的死气。

我记得曾听他们二老说起过，伊快要嫁与欧孟了，伊是他的未婚妻。

如此，伊也是一个牺牲者啊。但那重重忧恨，虽像书尾一个"终"字般，把亨士加士伯夫妇俩的余年断送了。在安琪丽嘉却不是如此，可是伊正在妙年，不能常在沉郁的回想中讨生活，伊已渐渐儿的把那愁绮恨罗割绝了。

当下伊似乎道歉般向我低低地说道："他们都在楼上，正在欧孟的房间中读他的信。"

伊导我上去见他们，一壁说道："他们本要瞧你。"说着，把那门开了。

这是他的房间，瞧了他的坟墓，倒没有如此难受，可是坟墓不过诉说他的死罢了。这房间却诉说他的在世之日，诉说他那快乐的儿童时代，不道他刚才出了这儿童时代，就给我杀死了。那时美丽的落日，正放着一道最后的光，照在那狭小的床上，瞧去仿佛他昨夜曾在这里睡过似的。我这时的感觉，真觉得那战场再可怖没有了。

亨士加士伯正在他夫人近旁立着，中间有一张矮桌，放着几张纸。我很想偷瞧一下，因为我不知道他的字迹是怎样的。我记得他最后无声的哭喊，记得他眼中的神情，又记得他脸上的惨白色，然而我却不知道他的字迹。那哭喊之声似乎正凝注在这信纸上，还遗留着他语言的骨骼……

亨士加士伯忙把那些信纸用手遮住了，分明不给我的眼光瞧到。这当儿我第一次见他在那里哭咧。只为要掩过他的软弱，那眼泪浴着的脸上，反见得凶狠了。他平日常很柔和地对我瞧，此刻却把很暴的眼光和我接触。我走到他面前，他才唤我坐下。

他夫人说道："他要重读欧孟的遗书，因此上又使他伤心咧。"

亨士加士伯在房间中往来踱着，开口说道："这真难受得很。我读了他的信，仿佛他仍在这里，和我们讲话……然而甚么都没有了，甚么都没有了！你不能明白是怎么一回事，你可也猜想不到的。那可怕的死的感觉，常要回来。我们没有再和他见过面，也没有向他说一声再会，死神竟把他召了去了。我们并且也不知道他死的情形，我们有一个儿子，我们都爱他的，然而不曾见他的死。"

亨士加士伯说得渐渐暴烈起来，似乎要借着这很暴的口吻，忘却他心中的忧闷。

他又说道："我们不曾见他的死，因为他好久没有信来。正在讶异，正在担心，但我们并不疑到他死了。直到后来方始知道，你可知为甚么？就为了我们的儿子死在远地，我们并不知道啊。听说那天是二十二日……"

亨士加士伯先前从不提起那日期，如今正要说出来了。我却不知怎的起了一种异感，不由得喃喃说道："一千九百十五年十月二十二日。"

亨士加士伯斗的现出一派惊怖之色，他夫人的脸上

杀　　　　　　　　　　　　　　　　211

也变了色了。

他嚷着道："你怎么知道这日期的？除了安琪丽嘉，我们并没告知旁的人。"我向四下里一望，两眼便着在安琪丽嘉脸上，颤着音撒谎道："伊和我说的。"

安琪丽嘉垂下妙目去，表示不反对，我便觉得伊不会卖我了。

亨士加士伯又问道："但你怎么还记得这日期？"

我答道："因为我太爱欧孟之故，所以不能忘怀了。"

亨士加士伯听得我这样说明之后，便放心了些，说道："请恕我，这些信，竟把过去的一切事情全都唤回来了。你虽是从那夺去我儿子的国中来的，然而你却比旁的人温柔仁厚得多。况且在这边界的那一面，也正有千万个父亲和母亲，远远望着这里无数的人面中，要找寻一个德意志的杀人犯。双方父母心，都是一样……我真错误了，请恕我。如今你快要去了，待我给你些可以纪念欧孟的东西。这东西也足以表示我们的爱和感激，并足以使你瞧了记得我们的。"

他走到床边去，我瞧那床，竟像是活着的一样。在这床铺上面的墙上，似是一个木制的心一般，挂着欧孟的那只繁华令。他在这奥白威士村中幽静的黄昏时候，往往奏着曲，他的头贴在那金黄色的木上，指儿悄悄地按在琴弦上。当下我即忙做一个手势止住老人取下来，叵耐亨士加士伯却不做理会，接着对我说道："没有甚么人触动过这繁华令，我就送给你了。"

神父，我可怎么办呢？我怎能收下这个礼物，在我觉得把欧孟的心托在手中呢？这时我心中的异感，已现在脸上，亨士加士伯却误会了这是我感激的表示。唉，如今我竟带着他们儿子的心回法兰西去……神父，这当儿正可招供一切，掏出我的心来，使他们知道我所受的苦痛，正和他们相等。我应当跪在地上嚷着道："请恨我，杀死我！我即是杀你们儿子的杀人犯！"

神父，但我可不敢啊！我并不是害怕，只是不敢使这被苦痛压倒了的二老，再加上一重新忧新恨。这时安琪丽嘉已出室而去，我们都立近门口。亨士加士伯手中拿着灯，先走出去了。老夫人却留住了我，将门关上，又听那亨士加士伯重重的脚步声在客堂中没去了，伊才说道："我有几句话要和你说。"

胡德林老夫人脸色白白的，似乎要做出甚么很关重要的事情来。我回想到我们第一次遇见时，我就仗着一句撒谎，使伊老人家推心相与。我自己原知道为了甚么事来的，如今使他们这样依赖我，把我装在他们空洞的心坎中，反使我觉得又犯了一重罪，比先前更为可恶，更不可恕。可是我实是应当受他们切齿痛恨的，如今却反消受了他们无穷的推爱。

胡德林老夫人对我说道："我丈夫那么很粗暴地对你说话，使我很为抱歉。"

我忙道："他并不是有意使我受不下的，但瞧他过了一会，又何等的加爱于我。"

老夫人道："他不过是给你一个暗证，表示我们的爱罢了。便是我，也要另外给你一个暗证。第一层，自欧孟死后，你还是第一个生客入到我们的屋中来。可巧这生客偏又是欧孟的朋友，你认识他，也许你很爱他的……

"你还不知道你此来于我们有何等的关系咧。欧孟在冥冥之中要是不以为忤的，我还得说你简直把他的生命和青年的精神带了些回来。自你来后，觉得这屋中也不像先前荒凉了。要是欧孟在地下瞧得见我们的，那一定要感激你加惠于我们呢。

"我原知道你是属于我们所交战的外国的，但是一个人倘能掬心相示，就觉得国际之分，没有甚么出入。我委实很愿亲近那些失去儿子的法兰西母亲，比了没有失去儿子的本国德意志母亲，着实要亲近一些。

"我心中的忧闷很深，我只有一个意愿，就愿你爱我欧孟。我要你知道他毕竟是怎样一个人，如此便能使你益发和他亲近些了。"

"亨士加士伯委实并不知道欧孟是怎样的感想，其实他老人家也不愿知道。他是属于上一代的人，他的思想近于激烈，欧孟却不像他。先生，我倘对你说欧孟并不像旁的德意志人，怕你听了也要感动，委实说，欧孟方胡德林是并不恨法兰西的。"

我心中起了一阵恐怖之念，忙问道："他并不恨法兰西么？"

老夫人又接下去说道："不！欧孟并不恨法兰西或别的哪一国。当你在海德堡认识他时，他还是一个孩子，一切思想，都不是他自己心中发出来的，不过接受教育指授他的意见罢了。但到了大战以前的几年中，他竟划然脱去，已知道了他自己的心。世上怕没有人比他更痛恶战争的了，对于战争的恐怖，怕也没有人比他瞧得更清楚的了。他从军出去，因为是不能不去，必须服从他的父亲。我瞧他的模样，只是怀着那悲天悯人之念，只是暗暗反对这人类相残的大罪恶。

"欧孟瞧一切人类都像是兄弟一般。他以为现今那些杀人的战士，在后代一定要被人瞧得和杀戮异教时代的凶汉一般可怕。他这种思想，不敢写信告知他父亲，因为他知道亨士加士伯的国际思想是极深的。但他在写给我的信中，却十次百次地表示他反对战争的感想，他十百次地反抗那磨牙吮血的偶像，他十百次地惧怕那断腠沥血的杀戮。

"瞧他对于战场上无谓的破坏，是怎样的说法。他又痛论那大家不能谅解之祸，竟使人类互相残杀，所得的是甚么利益！他们却都没有知道，倘你当真要知道他的为人，当真要爱他，那你必须一读这些信。

"他战死以前的一个月光景，他信中说道：'我瞧见那边几尺地以外的那些人，正挨着痛苦——他们当真是我的敌人么？不是很像我的兄弟辈么？'又道：'那些人不知道自己为甚么生，为甚么死，并且也不知道他们为甚么相杀。'你再读到被杀前两礼拜的这封信：'这里四面的国土，和我们的也没有甚么分别。唉，最亲爱的母亲，你和我的中间，都有这么一个深渊隔开着，却有这么一堵人墙遮掩着，我以为再也不能寻到你了。只须我能逃去这一座可恨的杀人机械，因为我正在这里勉强做他的傀儡。只须我能停止再做这杀人不眨眼的刽子手，因为所杀的都是些无辜的人民。'

"你瞧他再三说到'杀人的可怕''杀人的恐怖''取人的性命应负何等的责任'，有一处他还说'我宁可被人杀死，却不愿杀人'，我不知道这样的信如何能逃过军中检查员举发的。有一次他来信说：'我要是独自一人和那一个所谓敌人的遇见了，我觉得自己决不能杀死他，我自知决不能若无其事的杀死别一个人类。'"

我听到这里，禁不住嘶声喊了一声。可是我不但杀死一个普通的人——实是杀死了一个和我有同样精神的人了。那天早上在铁鹿杀死的，正是我自己的青春，连带把一切梦想、一切问题和一切烦恼都结束了。

胡德林夫人又接着说道："你瞧，你当真能爱他的。

他不像旁的人一般，是你的仇敌。"

这句话伊分明是安慰我的，分明把止痛的药敷在我伤口上的。然而我这痛苦更觉难受了。

不问有甚么距离，不问有甚么疆界，总之我已杀死了我的兄弟，杀死了我所最亲爱的人。我如今到他的房间中来，立在他的床前，本来他昨夜可以睡在这床上的。就是这个房间中，也处处觉得伊人宛在。唉！神父，这真太使人难堪了！我把我的头埋在他那空床上时，不知他可曾听得我心中的哭声么？

我哭着道："欧孟，我的兄弟，请恕我，请恕我！请恕我为了事前没有觉悟之故，请恕我把你从日光之中、暖星之下和阳光所照的波上，生生地劫夺了去——我是一个服从命令的疯子。请恕我把你的眼睛掩上了，使你不能回眼一看。然而可没有人比我更爱你的了。亲爱的同伴，你的脸，直须等到我在世最后的一天，方始和我分开。我可没有一点钟，没有一分一秒，不是为了你挨着苦痛。自你死后，我这所过的生活，委实比了死更难受咧。"

当下我便逃了，逃出这寂静的屋子了。一阵风从莱茵河上吹来，我兀自逃去。不敢回头，也不回答露易瑟方胡德林老夫人的呼唤。我逃了，独自很恐怖地逃了，心口却紧紧地抱着那只繁华令。

我回到那小客寓的卧室中时，天已入晚了。末后我便独坐室中，开了窗，呼吸夜气。我这火热的头，倾向着夜风，于是我想起那繁华令了，便提了起来奏一曲穆石儿的乐曲。这是欧孟所爱的，一节一节地记将起来，仿佛是欧孟的灵魂寄在那里，永永不去。然而这牺牲者的繁华令，简直在杀人犯的手指下呜咽了。

蓦地里门开了，我很怕再见亨士加士伯的阔额和露易瑟方胡德林那双含忧的眼睛，只是来的却是安琪丽嘉高芙曼。伊仍是穿着黑衣，眼中仍带着悲凉之色。

伊说道："你为甚么这样跑了？我们到处找寻你，姑母和姑丈很为不快，你定须回去……"

伊说得很迟缓，又似乎很诧异的。伊的妙目，简直像闭着一般。这黯淡的房间中，衬托着伊那白白的脸色，倒像突然来了一道明光似的。那只繁华令，仍还握在我的手中。

我喃喃说道："安琪丽嘉，我永远——永远不回

杀

219

去了。"

于是我又像独自在室中般奏那繁华令了。仍奏着欧孟所爱的乐曲，他的灵魂，似乎在里边颤动着。他的灵魂很为高洁，是反对流血，反对杀人，反对屠戮的……那时安琪丽嘉闭着眼，过去的影事，仿佛涌现在眼前了。伊便向着我走近了些，一股热热的空气，罩着我们两人。我陡的停了手，那繁华令便瑟的掉在床上了。

我又说道："安琪丽嘉，我永远不去了。你无论对他们怎样说都好，说我忽地召回法兰西去了，说我忽地病了，任你怎样说就是。总之我不能去。不！我不能去！我决不能再在欧孟方胡德林的影中走着。"

伊觉得我的话是最后的话了。乐声停后，伊也渐渐恢复了神志，便向着那门缓步走去。瞧伊那种妙年的愁态，真好似甚么繁华的省份，已被得胜之国把伊的中心占据去了。伊快要出去时，忽又被好奇心挽了回来，柔声问道："你怎么知道他死的日期？可是我并没有告诉过你啊！"

我对伊瞧着，一声儿不言语。伊在我眼中，也就知道了实情，立时把伊的妙目下注了。我最后瞧见伊的玉容之上，分明表现出一种又爱又慕又恐怖的神情。

　　神父，如今甚么都完了。我永永不再见亨士加士伯，不再见露易瑟方胡德林，不再见欧孟的坟墓，也不再见他坟场中的树木。神父，请给我祈祷，求和平之神降临在我的身上。我要去杀死一个人，凡是人类都有这权利可以杀死的，便是他自己。

　　　　　　（原载《半月》第4卷第1号，1924年12月11日出版）

宝 藏

〔葡萄牙〕蒯洛士　原著

　　葡萄牙小说殊不多见，此作为彼邦名小说家
蒯洛士氏（Eca De Queiroz）所撰，英国某文学周
刊译载之。用意诚善，可以戒贪妄。而其文字之懿
美，亦深可玩味。亟为移译，以饷《半月》读者。
顾吾不文，愧未能尽原作之长也。鹃附识。

（一）

梅德来诺贵家的三兄弟：鲁伊、嘉南和洛士太白，是三个最寒酸的绅士，也是亚士多利国中最穷苦的贵家子。

他们那所幽静的梅德来诺堡，常受山风狂吹，差不多将一片片的瓦、一块块的玻璃，全都吹去了。冬天的晚上，兄弟三人往往裹着山羊皮，在厨房中往来踱步。把他们着敝了的皮鞋底，在大壁炉前敲击着。但这炉中久已烟销火灭，去那椚柮火爆铁壶水沸的时期，已好久好久了。

黄昏时候，他们吞了一片抹着葱的棕色面包下去，就走过了那积雪的院子，去睡在马房中，靠近他们三头瘦马取暖。可怜那三头马只是咬着空槽，正和他们的主人一样饥饿。

他们发现那宝藏，却在春季。那天是礼拜日一个静静的早上。那三头马吃着四月中的新草，兄弟们在树林中旁皇着，瞧有甚么野味没有，一壁采那橡树四面的鲜

宝　藏

菌。无意中却在一丛荆棘之内，发现了一个洞。洞中有一只箱子，锁眼里插着三个钥匙，一动都没有动，仿佛有炮台保卫着的一般。沿边有一首阿拉伯的诗，字已锈坏。开出来瞧时，却见装得满满的全是金币。

他们最初的惊异和快乐既过去了，那三个贵人都变得脸如白蜡。接着各自伸手到金币中去掏摸，忽又放声大笑起来，直笑得树上的嫩叶，也瑟瑟地颤动。蓦地里却各自退下一步，很猜疑地怒目相视。嘉南和洛士太白都将手放在腰带上去，握住他们的大刀子。那胖大而红发的鲁伊，是三人中最狡猾的。忽像法官般举起双手来，说这宝藏是上帝或魔鬼所赐的，就属于他们三人。应当用秤来称这金币，严格地均分一下。但他们既不能把这重重的箱子运上山顶的堡中去，夜中就这样把宝藏留在树林里，又觉得放心不下。于是提议由那身体最轻捷的嘉南，赶往邻近的黎托铁霍村去，买三只大皮袋、三斗燕麦、三个肉馒首和三瓶酒。酒和肉馒首是给他们自己吃的，可是自昨夜以来，他们都不曾进食。那燕麦是喂马的。到得人马俱饱之后，他们便可在这没有月的夜中很安全地携着一袋袋金币，得意洋洋地上梅德来诺堡中去。

洛士太白嚷道："这法儿想得很好。"此人头发很长，身材也高高的，高出松树的梢头。满嘴脸都是须子，从那两个血红的眸子起，直垂到腰带的扣子上。

但那嘉南却皱着眉，很怀疑地不肯离那金箱一步。他搔着鹤颈般的长脖子，暴声说道："兄弟，这箱子有三个钥匙。待把我名下的钥匙在锁眼中锁上，就给我带了去。"洛士太白也大声道："我也要我的钥匙。"鲁伊也表示同意，说大家既是这金箱的主人，那当然各有保持钥匙的权利。于是三人都悄没声儿地蹲在金箱之前，紧紧地把锁儿锁上了。嘉南放下了心，霍地跳上马背，从榆树丛中扬长而去。一壁唱着一支悲壮的曲儿。

（二）

在那丛树中间的空地上，有山泉从岩石上泻下来，泻上山洼，汇成了一片清澈的水池。池旁一株槲树的影下，有一段花岗石的断柱，掉在那里已经很久，长满了青苔。鲁伊和洛士太白便一同走去，在这石柱上坐下，拔出他们的大刀来，放在膝盖上。他们的马正在吃草，草中还生着杯花和罂粟花，何等的鲜美可爱！一头山鸟，在树中嘘嘘地低唱着。紫罗兰的浮香，把那暖和的空气也搅得甘芳了。洛士太白对那阳光瞧着，觉得肚子很饿，欠伸了一下。

鲁伊已脱下了帽子，抚摩着那帽上的紫色旧羽，静静地说："嘉南先前本不愿意同咱们到这绿克兰森林中来的。不幸他后来却变了主意，竟一同来了。要是嘉南留在梅德来诺，那么只有咱们二人发现金箱，彼此便可各得一半。唉，这真是可惜得很。"接着他又嚷道："呀！洛士太白，洛士太白，要是嘉南一个人走过这里，寻见了藏金，洛士太白，他也未必肯分给我们啊。"

洛士太白在他厚厚的须子里含怒咕哝着，答道："不，不！他决不肯分给我们的。嘉南这厮，向来很吝啬。不记得去年他在佛士拿赢了刀匠们一百个都开，我问他借三都开买一件紧身衣，他不是不肯么？"鲁伊眼中一亮道："你还记得？"

两个都从石柱上站起身来，似乎他们心中已得了个新主意。鲁伊又道："这些金币应当归于我们俩的。在他又有甚么用呢？你不听得他夜夜不住地咳嗽么？他那草床四面的石上，全是他吐的血，连这石块都变得黑了。洛士太白，我瞧他决不能活到初雪，而在这时期间，却要给他平白地花费许多大好的金钱。我们多了这笔钱，便可重建故堡，买宝马，买武具，买贵人的服装。又可使四方宾客，都来趋奉，才配了我们梅德来诺故家的身份。"洛士太白大笑说道："如此就给他今天死吧。"鲁伊道："你愿意么？"说着，抓住了他弟弟的臂，指点那榆树丛中的一条小径，先前嘉南正从这儿歌唱远去的。他说道："去此略远，在这小径的一旁，有一个很好的所在，正隐在丛树之中。洛士太白，你是一个最精壮最敏捷的人，这回事就由你办罢。你须得觑中了他的背，刺将过去。这也是上帝的意思，须由你干。可是嘉南平日常在酒店中称你是猪，是蠢物，因为你不读书不写字不知算数之故。"洛士太白嚼齿骂道："恶徒！"

　　他们穿过了荆棘丛中，接近那条石砌的小径。洛士太白蹲在沟里，横刀等着。一阵轻风，吹动山坡上榆树的叶子，将黎托铁霍村方面歌唱的回声，也吹送了过来。鲁伊捋着须子，瞧着阳光计算钟点。此时斜阳一抹，已

宝藏

向山中渐渐下去了。有一队乌鸦，在他们头上噪着。洛士太白闲闲地瞧乌鸦飞过，又饿得连连呵欠，很焦急地等嘉南带了酒和肉馒首回来。

听着他终于回来了，嘉南嘶哑和悲壮的歌声，早又从这小径上面的树丛中送来。鲁伊低声问洛士太白道："等他走过时，刺在他的肋下。"一会儿便听得马蹄嘚嘚，在石径上响着。那阔边帽上的红羽，已在树罅中瞧见了。

洛士太白排开了矮树，握着长刀，把臂儿伸将出去，雪亮的刀锋，立时刺入嘉南的胸中。他从马鞍上翻了个身，呻吟着跌下马来。鲁伊早就飞一般赶到马前，洛士太白瞧着那喘息未绝的嘉南，又照准他胸口和咽喉上刺了两下，才把他结果了。鲁伊嚷着道："那钥匙呢？"他们从死人怀中搜得了钥匙，就匆匆地赶下山坡去。洛士太白帽上的羽毛已弯曲了，他把那凶刀挟在臂下，飞奔前去。嘴腔里兀自觉得血腥气，直使他打颤起来。鲁伊跟着过来，用力拖那马头。但那马却挺立着不动，露出黄色的长牙来，似乎不愿离开它陈尸在地的故主。

鲁伊把刀尖刺着马腹，提着刀，像追摩亚蛮人般，在马后追赶着。才到了那树荫下的空地上，这时斜阳已下，再也没有阳光烘染树叶了。洛士太白抛下了帽子和刀子，卷起两袖，伏在石上，悄悄地掬了泉水，洗他的脸和须子。

这时那马已在旁边吃草了，背上还重重地负着嘉南带回来的袋子。有一只袋中，露出两个酒瓶的瓶颈来。鲁伊却缓缓地拔出他的阔刀。悄没声儿地沿着草地溜去，溜到洛士太白伏着的池旁。洛士太白水浸了须子，正在重重地呼吸。鲁伊便像在园子里树甚么椿子般，把他的刀全个儿插在洛士太白阔大的背中。

洛士太白一声儿不响地跌了下去，脸没在水中，长发都浮在水上，他的一只旧皮袋还垂在一旁。鲁伊为了要他的钥匙，便把他身体扶了起来。只见血如泉涌，沿着池上的石沿淌开去了。

（三）

如今那三个钥匙都归他一人所有了。鲁伊立住了脚，展开两臂很快乐地呼吸着。心想不到夜分，他就可牵着马，满驮黄金，沿了山径走上梅德来诺堡中去，把这些金币，都藏在地窖中。而这里池旁，和那边短树之下，只有无名的尸骨，长埋在十二月的大雪之下。他一人却可独做梅德来诺堡的贵主了。他在新堡的礼拜堂中，可以大做弥撒，超度他两个弟弟的亡魂。死又打甚么紧，譬如那些人去抵御土耳其人，也一样要死的。

他开了那金箱抓了一握金币，在石上试验着，分明都是纯金，如今完全是他的了。接着他又察看那嘉南马背上的袋子，见一袋中放着两瓶酒和一头很肥壮的燔瓶鸡，他顿觉非常的饥饿起来。可是这一天他并没进食，只吃了一条鱼干。至于这阉鸡，更好久没有尝过了。

他很兴头的在草上坐了下来，两腿中间，放着那头美味的阉鸡，旁边又有那琥珀色的美酒。咦，嘉南真是个善于调度的人。他还记得带了些橄榄来，但是三个人怎么只有两瓶酒呢？鲁伊一壁想，一壁撕了一翼阉鸡，大口地吞咽下去。

这当儿夜色渐上，如入软梦。天空中散着玫瑰色的小云。树外的山坡上，有乌鸦结队争噪。那三匹马已吃饱了肚子，垂倒了头，打着瞌睡。泉水渐渐低唱，正浴着那亡弟之尸。鲁伊擎起酒瓶来，就亮光中瞧时，见那美丽的酒色分明很陈了。非有三个金币一定买不到的。呀，好可爱的酒啊！顿使血液中暖和了。他喝完了一瓶，将空瓶抛开，又旋开了第二瓶的塞子，预备再喝一个畅快。但是嘴到瓶口，却停住了不喝。心想带着宝藏上山去，是要些气力，又须小心些的，不能多喝，酒醉了可不是顽。当下他靠在石上，想到梅德来诺古堡上已盖满了新瓦。严风雪霰之夜，壁炉中活火熊熊，何等的温暖！他又想到那锦衾绣褥的钿床和玉貌花容的妇人。

树下的黑影更深了，他忽然急急地想把金币装入袋中。于是先把一匹马牵在那金箱旁边，取出一握金币来。谁知正在这当儿，他猛觉得身中起了剧变，举起双手来，去抓他的胸口。那金币豁琅琅掉在地上。

鲁伊，这是怎么一回事？呀，天哪！这分明是一抹火焰，一抹活火，烧着他的心，又跳上他的咽喉来了。他撕着身上的紧身衣，一头喘息，一头颠簸，舌子烧得怪痛，不住抹去那一颗颗的大汗珠。这汗也可怕，竟颗颗冰冷，像雪珠一般。呀！火焰，更烧得厉害了，直要把他吞噬下去。他嚷着道："救命，有人！嘉南！洛士太白！"

他把那扭曲的两臂狂击着空气，里面的火更怒烧起来。他觉得骨节都格格地响着，仿佛屋中的木板都烧着了似的。他踉踉跄跄地赶到池边，要扑灭这身中的火焰，他却在洛士太白尸身上绊跌了。把两膝拖过去，达到水中，口中不住地呐喊。指爪儿抓着岩石，掬了那小小的泉流，洗他的眼睛和头发，但那水也烧着他了。他躺倒在草上，抓住了一大握草，没命地咬着，吸那草中的鲜汁，水沫在须子上淌下来。鲁伊突出了两眼，陡的明白过来，脱口呼道："毒——毒！"

唉，鲁伊，狡猾的人，这正是毒啊！因为先前嘉南往黎托铁霍村去时，还没有买食物，先就赶到大礼拜堂后面一条小街中。那边有一个犹太老药师卖了毒药给他，和在酒中。他打算毒死了兄弟二人，独得宝藏。

天已入夜了，那鸦队中有两头乌鸦，早飞到嘉南尸身上来。泉流低唱，浴着另一个尸身。而鲁伊的脸躺在黯碧的草中，已变做黑色了。一颗小星，在天上闪闪地亮着。

那宝藏仍在那里，仍在绿克兰森林中。

（原载《半月》第 4 卷第 10 号，1925 年 5 月 7 日出版）

死 仇

〔塞尔维亚〕曲洛维克　原著

　　曲洛维克氏（S.Chorowich）为塞尔维亚（Serbia）现代之名小说家，所作多描写彼邦沉毅勇敢之故实。盖塞国久处土耳其鞭棰之下，非此不足以激励民心也。斯作英译名为 *Deadly Enemies*，故径译之为《死仇》。其于土耳其人刚强戆直之国民性，亦颇致称许焉。

我们同在一起旅行，我有一头马，一头好马——我知道它是好马，因为我曾有好几次，翻落下来。我骑了好马，是往往要翻落的。它很骄傲很快速地跨着步，头儿高高地昂向空中。我的伙伴悄悄地骑着一匹白马，有四五头运货的马，跟在他的后面，却并不装运什么东西。

他是一个很壮健的汉子，长长的身材，阔阔的肩胛。白白的脸上，微带死色，但他穿着的本国的衣服。那短褂的前面，缀有无数闪闪地发亮的纽扣。一块鲜明的丝巾，绕着他的头，两端挂下来，垂在他的胸口。他那模样儿甚是好看，我的眼睛再也不能从他身上移开去。而我也很怕开口说话，生恐破坏了我默默地打量他的一种乐趣。

他的名儿是唤作狄乌谷毛洛维克。

我曾听得过那关于他的神奇的故事。国人都很称赞他是一个无双的勇士和谨慎小心的强盗。他曾在赫志谷维那大部分的地方，横行一时，因此他很引起我的注意。

"你既带了这好多匹运货的马，为甚么又一些儿不装东西呢？"经过了好久的静默，我这样地问着，想拉拢他谈话。

"我运了东西到城里去，此刻我是回来了。"

"你运去的是甚么东西啊？"

"各种的东西，面包咧，马铃薯咧，卷心菜咧。"

"给谁啊？"

"给那已故的亚烈马亚基克的子女们。"

我停住了，很诧异地对他瞧。亚烈马亚基克是土耳其人中一个最勇敢而最凶恶的汉子，并且是——毛洛维克家的死仇。

"为甚么？你可是租他们的田么？"

"不是的。我正欠着他们的债，很多的债。"

他不作声了，垂倒了头，打着他的马的脖子。那马正在急急地走，到此便迟缓下来。他重又打着，那马便又泼剌剌的向前赶去了。

瞧了这样，我不想再问他了，于是放松了缰，低声地唱起歌来。我如今已记不得唱的是甚么歌。

他似乎喜欢这歌儿，因为他将他的马靠近了我，很着意地听着。

"唱得响些。"

我提高了声音，他把那绕着头的丝巾拉下来，直挂到颈背以下，不住地点头，和着我的歌。

末后我停住了。

"唱下去。"

"以下我不知道怎么唱了。"

他很不快地转过身去，拉着马缰，转向那通往树林的小径中去。

"你上哪里去？"

"进林子去，我们且休息一下。"

我跟着他到了树林中，我们跳下马来，给马去吃草。我们俩坐在一株大橡树的影儿下，各自取出烟荷包来，装满了我们的烟斗。

我们静静地坐着，听着那两匹马嚼草的声音和远处一头啄木鸟丁丁啄木之声。

"你甚么时候，变做了亚烈的债户的？"我末了儿打破了静寂问他，以引起我们的谈话来。

狄乌谷皱着眉，挥一挥手儿答道："去今已好久了。"

"你已清偿了你的债没有？"

"呀，还没有。这须经过了好多时候，我才能偿清这笔债。"

他喷了两三口的烟，向我瞧了半响，才说道："说起来这是一段很长的故事——虽于我不很痛快，但也不妨说与你听听。

"土耳其的残暴不仁，逼得我做了一个强盗了。我很厌倦这毫无人权的土耳其奴子的生活，我又不愿意呵着腰逢人鞠躬，被人侮辱——因此我取了一支枪，同着五六个伙伴，赶到那林木森森的小山中去。我们就在这里等候着土耳其人，袭击上去，几乎没有一天没有小战。而我们也往往能劫得些儿东西，安然逃去。后来我们便遇见了马亚基克家兄弟，和他们算账了。我们去攻打他们的屋子，杀死了他家三个人，但那亚烈却给他逃跑了。我们虽是找寻了好久，兀自找不到他。当下我们便搜劫他家，满载着珍物，回到我们的巢穴中去。

"但我们因此报偿得大了。亚烈召集了一组比我们更强大的兵力，穿山过谷地穷追着我们，直把我们赶到一片荒原之中，任是山羊也无路可走了。我们就在这里筑垒固守，决意作战到死。亚烈和他的部下包围着我们，水泄不通。我们那可怕的饥饿和苦痛便开始了。既没有面包，又没有水，也没有人敢偷偷地溜出去取些儿回来，我们可要因饥渴而死了。我的伙伴们愁苦着脸往来走动，但是没一个说一句抱怨的话，或是呻吟着，悲哀他的运命。

"末了我觉得实在不能再挨下去了，我就对伙伴们说：'听着，弟兄们！你们可想到突围而出扑在我们敌人的身上，报了我们的仇，像好男子般死去，不强似饿死在这里么？我们既免不了一死，为甚么不力战而死？免得到别一世界中去渴想土耳其人的血啊。'

"他们都明白我的话是不错的——此外再也没有别的法儿，他们便赞同了我的提议。

"我手中握着长剑，第一个跳将出去，旁的人跟在我的后面。土耳其人迎着我们乱枪齐放，我眼见有两个伙伴已跌倒了。我心中想，我已别无他法——我只索向敌人们扑去，旁的人也跟我扑过去。我的眼睛血红的睁着，瞧不见甚么。我只是向空挥着我的长剑，没命地往前奔去。蓦然之间，我给人从后猛击了一下，就失去知觉了。

"我醒回来时见自己正在马亚基克的屋中——我躺在

一条席上。有几个土耳其人，亚烈马亚基克也在内，正立在那里，摇着他们的头。我睁开眼来时，却见亚烈俯下身来向着我，握住我的手。

"他问道：'你觉得怎样？'

"我待要坐起身来时，觉得痛苦不堪，倒像又受了一击——重又失去知觉了。

"我足足有一个月躺在死神的门口，而亚烈竟片刻不离开我的身边，很小心地服侍我，直胜过我自己的父亲。他亲手给我换掉绷布，像待小孩子般给我吃喝。我倘没有胃口时，他总央求我吃下去。有时他往往将我的头搁在他的膝盖上，硬要我吃鸡子或肉脯，竟把来放在我的口中。

"后来我渐渐地复原了，我一觉得自己已能起立，就挣扎起来，扶着墙壁，在室中走动。亚烈往往握住我的臂，扶我到庭心里去，在大桑树的荫下休息着。

"每过一天，我总觉强健一些，眼见得亚烈含笑着对着我瞧，脸色何等的焕发！

"他有一次问我：'你以为怎样，你可能跳么？'

"我答道：'我不能，我还很软弱咧。'

"他拈着须子，笑道：'不久，咦，不久你就能如此了。'

"过几天后，他重又问我这句话。

"我说：'我来试一下子。'

"他走在一旁，我开始跑过去跳将起来。这一跳跳得很高，直使亚烈乐极而笑了。

"他说：'这可知你已完全复原了。'

"他留下我在庭心里，自己入到屋中去。我眼送着他，大为猜疑。停了一会，他手中取了两柄实弹的枪回来了。他的脸，惨白如死。他的眼睛，像一头饿猫般闪闪地发着野光。

"他立在我的面前说道：'如今我已医可了你，使你起身了。如今你已像受伤以前一样的强健，可以偿还那笔欠我的债了——你欠得我很多——三个完全的头，因为你杀死了我两个兄弟。'这时他的两眼灼灼有光，比先前更为可怕。他的下颚颤动着，又道：'当你受了伤躺在我的面前时，我尽可杀死你，但我不愿意如此。我却要医可了你，然后将你杀死。亚烈马亚基克从不杀死一个无力抵抗的仇人的，当然也不能使你除外。'

"他递与我一支枪，又道：'这里是一支枪，和我的枪一样的良好而精强，也一样的好好地装着弹儿。我们且到森林中去，试试我们的臂力。'

"我找不出一句话来，只是垂着头，闷闷地向前走去。

"于是我们到了森林之中。

"他说：'你自管立在那里，我就立在这里，彼此恰恰相对，我们就在这个所在，同时开枪。'

"但我此时已恢复了我的意识，即忙抛开了我手中的枪，走在一旁。

"'我还能擎起手来对付你么？你以为我如此卑劣，竟向你开枪，世界中可没有理性了。'

"他很轻蔑地微微一笑，说道：'你定须这么办，我强迫你这么办。我万不能延搁这一回的厮斗，而我也不愿意袭击一个手无寸铁的人，快取起那枪来，我并不是和你开玩笑的。'

"我不动。

"'我和你说，快取起那枪来。不然，我唤你是一头野兔子。'

"我俯下身去，拾起那枪来。

"'转向这里。'

"我转身了。

"'向我瞄准。'

"他瞄准着我，我的枪也指着他。

"他放了，他的枪弹在森林中发着回声。

"我已记不得自己可曾扳那枪机不曾——不过我向他瞧时，他摇晃着跌倒下去。我惨呼了一声，飞扑到他的身边，但他却已死了。

"从此以后，我每年总把好几担的马铃薯和卷心菜送与他的子女们。我并且送许多羊和牛去供给他们。"

狄乌谷讲完了他的故事，低头坐着，竭力忍住他的眼泪，正在簌簌地淌下面颊来。

（原载《紫罗兰》第 3 卷第 13 号，1928 年 9 月 28 日出版）

关于《一生低首紫罗兰——周瘦鹃文集》

　　凡欧美四十七家著作，国别计十有四，其中意、西、瑞典、荷兰、塞尔维亚，在中国皆属创见，所选亦多佳作。又每一篇署著者名氏，并附小像略传。用心颇为恳挚，不仅志在娱悦俗人之耳目，足为近来译事之光。唯诸篇似因陆续登载杂志，故体例未能统一。命题造语，又系用本国成语，原本固未尝有此，未免不诚。书中所收，以英国小说为最多，唯短篇小说，在英文学中，原少佳制，古尔斯密及兰姆之文，系杂著性质，于小说为不类。欧陆著作，则大抵以不易入手，故尚未能为相当之绍介；又况以国分类，而诸国不以种族次第，亦为小失。然当此淫侠文字充塞坊肆时，得此一书，俾读者知所谓哀情惨情之外，尚有更纯洁之作，则固亦昏夜之微光，鸡群之鸣鹤矣。

以上文字，是当年在教育部任职的鲁迅，审读了出版社送审的周瘦鹃《欧美名家短篇小说丛刊》后，和周作人一起写的审读报告。这篇审读报告，最初发表于1917年11月30日《教育公报》第四年第十五期上。从这篇审读报告里，可以看出周氏兄弟对周瘦鹃的这部翻译小说的看重。

周瘦鹃的《欧美名家短篇小说丛刊》于民国六年作为"怀兰集丛书"之一种在上海中华书局出版，分上、中、下三卷，天笑生、天虚我生和钝根分别作了序言。天笑生在序言中肯定了周瘦鹃的文字"自有价值"。天虚我生更是对这部巨制不吝赞美之词。钝根在序中说到周瘦鹃爱读小说时，介绍他这位朋友境况是："室有厨，厨中皆小说。有案，案头皆小说。有床，床上皆小说。且以堆垛过高，床上之小说，尝于夜半崩坠，伤瘦鹃足，瘦鹃于是著名为小说迷。"可见周瘦鹃热爱小说的程度，也就不难理解他耗费一年多的时间，来翻译这部《丛刊》了。该书上卷曰"英吉利之部"，共收英国短篇小说十余篇。中卷分为"法兰西之部""美利坚之部"。下卷分"俄罗斯之部""德意志之部"等欧洲多国的短篇小说。而且几乎在每篇小说前，都有原作者小传。通过小传，大体能了解作者的生平和这部小说的写作背景，让读者能更好地理解小说。该书一经出版，影响很大，一时有"空谷足音"之誉，也给周瘦鹃带来很大的知名度。

关于周瘦鹃其他的原创文学，我们在《周瘦鹃自编精品集》（广陵书社 2019 年 1 月出版）的编后记里，曾经有过简略的介绍：

周瘦鹃的写作，一出手就确定了他的创作方

向，即适合市民大众阶层阅读的通俗文学。他发表的第一篇作品《落花怨》（1911年6月11日出版的《妇女时报》创刊号），就带有浓郁的市井小说的味儿，而同年在著名的《小说月报》上连载的八幕话剧《爱之花》，同样走的是通俗文学的路子，迎合了早期上海市民大众的阅读"口感"，同时也形成了他一生的创作风格。继《爱之花》之后，他的创作成了"井喷"之势，创作、翻译同时并举，许多大小报刊上都有他的作品发表，一时成为上海市民文化阶层的"闻人"，受到几代读者的欢迎。纵观他的小说创作，著名学者范伯群先生给其大致分为"社会讽喻""爱国图强""言情婚姻"和"家庭伦理"四大类。"社会讽喻"类的代表作有《最后之铜元》《血》《十年守寡》《挑夫之肩》《对邻的小楼》《照相馆前的疯人》《烛影摇红》等，"爱国图强"类的代表作有《落花怨》《行再相见》《为国牺牲》《亡国奴家里的燕子》等，"言情婚姻"类的代表作有《真假爱情》《恨不相逢未嫁时》《此恨绵绵无绝期》《千钧一发》《良心》《留声机片》《喜相逢》《两度火车中》《旧恨》《柳色黄》《辛先生的心》等，"家庭伦理"类的代表作有《噫之尾声》《珠珠日记》《试探》《九华帐里》《先父的遗像》《大水中》等。他的这些成就的取得，不仅在大众读者的心目中影响深远，也受到了鲁迅等人的肯定。1936年10月，鲁迅等人号召成立文艺界抗日民族统一战线，周瘦鹃作为通俗文学的代表，也被鲁迅列名参加。周瘦鹃在《一瓣心香拜鲁迅》中还深情地说："抗日战争初起时，鲁迅先生等发起文化工作者联合战线，共御外侮，曾派人来要我签名参加，听说人选极严，而居然垂青于我。鲁迅先生对我的看法的确很好，怎的不使我深深地感激呢？"翻译和创作通俗小说而外，周瘦鹃还创作了大量的散文小品。他的散文小品题材广泛，行文驳杂，有花草树木、园艺盆景、编辑手记、序跋题识、艺界交谊、影评戏评、时评杂感、书信日记等，涉及社会生活的多个方面。此外，周瘦鹃还是一位成就卓著的编辑出版家，前半生参与多家报刊的创刊和编辑工作，著名的有《礼拜六》《紫罗兰》《半月》《紫兰花片》《乐园日报》《良友》《自由谈》《春秋》《上海画报》《紫葡萄画报》等，有的是主编，有的是主持，有的是编辑，有的是特约撰述。据统计，在1925年到1926年的某一段时间内，他同时担任五种杂志的主编，成了名副其实的名编。另外，他还写作了大量的古典诗词，著名的有《记得词》一百首、《无题》前八首和《无题》后八首等。

周瘦鹃一生从事文艺活动，集创、编、译于一身。在创作方面，又以散文成就最大，其中的"花木小品""山水游记""民俗掌故"被范伯群称为"三绝"（见范伯群著《周瘦鹃论》）。而"三绝"之中，尤其对"花木小品"更是情有独钟，不仅写了大量的随笔小品，还成为闻名天下的盆景制作的实践者。据他在文章中透露，早20世纪20年代末期，他就在苏州王长河头买了一户人家的旧宅，扩展成了一个小型私家园林。从此苏州、上海两地，都成了他的活动基地，在上海编报刊、搞创作，在苏州制作盆栽、盆景。而早年在上海选购花木盆栽的有关书籍时，还曾巧遇过鲁迅。在《悼念鲁迅先生》一文中，他透露说："记得三十余年前的某一个春天，一抹斜阳黄澄澄地照着上海虹口施高塔路（即今之山阴路）口一家日本小书店，照在书店后半间一张矮矮的小圆桌上，照见桌旁藤靠椅上坐着一位须眉漆黑的中年人，他那瘦削的长方脸上，满带着一种刚毅而沉着的神情。他的近旁坐着一个日本人，堆着满面的笑正在说话。这书店是当时颇有名的内山书店，那日本人就是店主内山完造，而那位中年人呢，我一瞧就知道正是我所仰慕已久的鲁迅先生。"买有关盆栽的书而邂逅鲁迅先生，周瘦鹃自称是"三生有幸"，而此时，他还不知道鲁迅曾经大加赞赏过他的《欧美名家短篇小说丛刊》。鲁迅也偶尔玩过盆景的，他在散文集《朝花夕拾·小引》里，有这样一段话："广州的天气热得真早，夕阳从西窗射入，逼得人只能勉强穿一件单衣。书桌上的一盆'水横枝'，是我先前没有见过的：就是一段树，只要浸在水中，枝叶便青葱得可爱。看看绿叶，编编旧稿，总算也在做一点事。"这个"水横枝"，就是盆栽，清供之一种，如果当时周瘦鹃能够和鲁迅相认，或许也会讨论一下盆栽制作也未可知啊。

这次编辑出版《一生低首紫罗兰——周瘦鹃文集》文丛，是在《周瘦鹃自编精品集》的基础上，对周瘦鹃主要作品的又一次推介，或者说是一次延伸。文集中不仅收入了他很多的原创作品，如小说、随笔、小品、序跋、后记、编后记等等，也收入了他的翻译小说，即从他的那部影响深远的《欧美名家短篇小说丛刊》里，精选了部分篇什，分为《人生的片段》和《长相思》两册。周瘦鹃的其他原创作品，除《花花草草》之外，也精选了一部分代表作，编为六册，分别为《礼拜六的晚上》（散文随笔）、《落花怨》（短篇小说）、《女冠子》（短篇小说）、《喜相逢》（短篇小说）、《新秋海棠》（长篇小说）、《紫罗兰盦序跋文》等，这些作品和《花前琐记》《花前新记》等作品一起，代表了周瘦鹃一生中的主要创作成果。

由于水平有限，在选编过程中不免会有不妥或失当之处，敬请读者朋友们多多批评指正！

陈　武

2019 年 7 月 25 日高温于花果山下

　　　　　　长相思